這是我第一次寫
關於「美容」的主題。

你所追求的，
是誰眼中的「美麗」，
又是誰眼中的「幸福」？

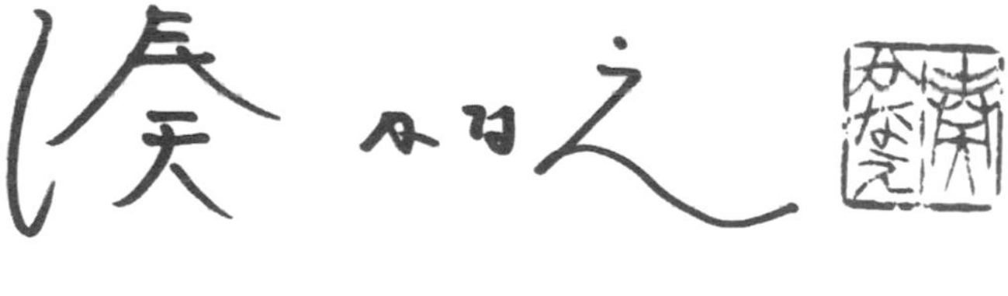

湊佳苗

碎片

カケラ

王蘊潔——譯

推薦序——

甜甜圈那頭的真相

《女神自助餐》作者 劉芷妤

你也會這樣嗎？吃甜點之前，在伸手拿起來、要放進嘴裡的那半秒鐘，腦中倏忽轉過許多念頭。

那些念頭，可能是想像咬下去的口感、預演甜蜜滋味在嘴中化開的豐富層次，也可能是體重計顯示著不斷往上躍升的數字，或者更直接，你可能看到發胖後的自己。

無論這塊甜點最終是咬或不咬下去，那個「吃了會胖喔」的念頭，或長或短，或強烈或清淺，都極可能浮現腦海。說不定，還會有人「譴責」自己怕胖的想法：「如果我認為不應該以貌取人，那我也不該在意自己的外表變胖呀。」

我們活在一個討厭胖子的世界，也活在一個討厭「討厭胖子」這回事的世界。

湊佳苗的《碎片》，就是在講這樣的世界。

故事從一個被發現死在大量甜甜圈裡的自殺女孩開始，她的自殺原因未明，但湊佳苗一開始提出的疑點卻是，她究竟是模特兒般的美少女，還是全校最胖的胖妹？

作家一開始就這麼寫，並不只是因為這本書是為了探討肥胖議題，更是因為人們就是需要這樣的資訊：有一個女孩死了，我得知道她長得美醜胖瘦，高中生還是女大生，然後才能決定自己心裡要怎麼為這件事「下標」。

一如她從前的作品，《碎片》也使用了湊佳苗最擅長的剝洋蔥寫法，一層一層揭開真相的過程中，每一瓣都辛辣無比，逼得人眼眶發紅鼻子發酸，不知道該說是人生實錄還是地獄遊記的剖心告白。一開始，我們基於「肥胖」與「自殺」這兩個線索，甚至是湊佳苗向來的暗黑系路線，可能很自然地假設出「霸凌」這個原因。然而愈是讀下去，愈是想不透「究竟誰霸凌了誰」，甚至於全書裡最接近霸凌者的那個角色，歸根究底，都是因為某些原因，才對女孩的肥胖產生危機感而企圖阻止。

誰霸凌了誰呢？書中橫跨兩代的每一個角色，尤其是女性角色，都深受外貌所苦。小時候怎麼吃都吃不胖的姊姊，成年後吹氣球一般胖了起來，被小時候胖嘟嘟的妹妹奚落；身材姣好的模特兒仍然覺得自己美不過其他演員，渴望一個挺翹的鼻子；故事裡的女性老師，時間或長或短，都有曾經胖過的經驗，她們之中有的一輩子都記得小時候被罵成豬，有的深怕學生的肥胖是因為遭到家長忽視甚至虐待，而出手干預；就連始終美麗、聰明、家境好的天生美人胚子，都要因為喜歡的男性說了一句「我喜歡妳的臉」而決心疏遠對方；因此而莫名出局的男性角色，也算得上是因為外貌而遭了池魚之殃，更別說是故事最後才現身的那對母女……

不能再說，再說就爆雷了。

讀完故事，隱隱感受到的那種不快感，來自於「找不到兇手」。是的，任何讀者都能感受到書中充滿肥胖歧視與隨之而來的霸凌，但，誰霸凌了誰呢？是誰該為女孩的死負起責任？故事中幾乎每一個角色都因為肥胖而飽受傷害，但他們活下來了，就跟同樣從無數傷害中活下來的你我一樣，並且有意或無意地將自己曾經歷的一部分傷害用不同的形式複製到別人身上——這點，或許也和你我一樣。

直到某一個節點上的某一個人，承受不起這麼多傷害了。

這並不只是「你我都推了一把」可以輕易帶過的，更是在這個明知不該討厭胖子的世界上，我們仍然身不由己地討厭胖子、恐懼自己變成令人討厭的胖子，這樣的問題。

《碎片》的結構精巧，全書主要由一位整形醫師橘久乃與八位不同角色的對話組成。說是對話，其實每一章都只記錄了不同角色對久乃說的話，讀者僅能從這些角色重複或反問久乃的話語中，依稀猜測出她可能說了什麼話、有什麼反應，甚至觀察到這些角色對久乃的看法。

於是，《碎片》除了檯面上的謎題：「這個女孩為什麼自殺」以外，還有另一個同樣貫串全書，卻隱身在瑣碎對話中的神秘氛圍。讀者一邊跟著久乃探訪不同的關係人，尋找謎底，一方面也在找關於久乃的謎底。然而，讀者看到了所有的角色口中的橘醫師、久乃，甚至小乃，但除了她公開的演講段落以外，這個故事並沒有給她任何為自己說明或辯解的機會。

而我們最終會發現，如同每一個因為肥胖而被貼上懶惰、油膩、貪吃、陰沉……這些標籤的平凡人，看似完美得無懈可擊的尤物，同樣也會被貼上自以為是、不在乎別人、驕傲自大、愛欺負嘲諷別人……的標籤，即使沒有動手傷害他人的實例，也都可能被視為「反正妳天生就是愛裝無辜可憐」、「就算妳沒說，也一定覺得我這種胖子沒有權利跟妳站在一起吧」。

標籤這種東西是這樣的，一但貼上了，想撕下來，經常只能換得自己身上一片狼籍。有時候被撕得剩下殘膠，還會莫名地黏上更多更雜的殘渣毛絮。

無辜的人受了傷，經常會想要找到另一個人貼上必須為此負責的標籤。然而胖的敵人並不是瘦，塌鼻子的對手並不是挺鼻子，無辜的人受傷不見得是因為有人裝無辜。畢竟在這慘烈的世局裡，我們誰不是滿身缺陷地負傷前行？誰不是被一身擺脫不了的殘膠顯得無辜得不夠完美？

在《碎片》裡另一個占有重要地位的角色，是甜甜圈。故事中的人們喜歡在吃掉甜甜圈以前，將甜甜圈舉起來，透過甜甜圈中間的圓形洞口望出去——這樣能看到什麼東西呢？故事裡的每個角色看到的，或者自認為看到的，恐怕都不一樣，甚至背道而馳。

而當我們在這個故事裡，企圖透過甜甜圈的洞口找到那個該為這一切悲劇負責的人，別忘了，在甜甜圈另一邊的人，也許透過同樣洞口看見的，正是我們的眼睛。

目次

聽說有一個住在鄉下的女生自殺了，而且死的時候身邊堆滿了大量甜甜圈。

聽說是像模特兒一樣的美少女。

不，我聽說她以前是全校最胖的胖妹——

現場激辯一整夜 今天的主題是「校規」

我認為非遵守不可的校規，最好控制在一隻手可以數完的程度。

比方說，只要遵守「不可以在社群網站上留言誹謗中傷他人」、「避免任何會對他人造成精神上和肉體上傷害的行為」、「避免任何妨礙他人學業的行為」這三項就好。我認為一旦這麼做，學校就可以比現在更能夠讓學生覺得是一個舒適的學習環境。

老師也很忙。

上課、社團活動、升學指導、生活指導……老師必須丟很多球給學生，而學生接下老師丟過來的球。這種傳球、接球的過程如果能夠順暢進行，師生之間就能夠建立信賴關係。

剛入學時，每個學生都努力去接老師丟過來的球，但如果飛過來的球根本多到接不完，結果會怎麼樣？

我猜想學生可能會放棄去接所有的球，不僅如此，甚至會放棄在意有球飛過來這件事，自我安慰地告訴自己那些球都很無聊，和自己無關。

如此一來，就會連最重要的事也無法遵守。

我認為必不可少的校規是什麼呢？

以目前螢幕上出現的項目為例，我認為應該並不需要「服裝、頭髮相關的規定」。如今提倡多元化，但還有許多學校仍然有和這個有關的校規。

頭髮的顏色、裙子長短、化不化妝，即使不符合校規，會造成別人的困擾嗎？女生當然也可以穿長褲，還有割雙眼皮。這是需要在放學之後，耗費好幾個小時訓斥學生的問題嗎？

會影響團體生活？

每個人的長相、身材、性格，還有學習能力和運動能力本來就不一樣，難道還有人認為步伐一致，採取相同的行動是一件好事嗎？

我相信身處教育第一線的老師比我更瞭解，並不是所有拒學的學生都是因為遭到霸凌這種不堪忍受的事。很多學生都是因為大部分大人難以理解的、無處宣洩的隱約疏離感而拒學。

雖然這些學生努力將自己塞進社會標準，或是學校的標準這種小框架內，卻覺得無法順利擠進去。我認為這就是拒學的學生所感受到的疏離感。

請大家想像一下有一個裝了沙子的袋子。那種隱約的疏離感就像是袋子上的一道刮痕，有時候會因為過度在意那道刮痕，經常去觸摸，導致刮痕越來越大。也可能自己並沒有很在意，或是努力告訴自己不要在意，但被別人肆無忌憚地觸碰，甚至弄破了袋子。

於是，沙子就會從破掉的袋子裡漏出來。這些沙子是什麼……？

是自信。

是自我肯定。

是榮譽。

是尊嚴。

協助學生把會導致沙子漏出來的洞補起來，不也是身為教育工作者的各位老師肩負的職責嗎？我深信整形外科醫生這個職業，也可以盡一臂之力。當然，我的客戶並不是只有學生，相反地，從整體比例來看，學生的人數並不多。

我在置入性行銷？怎麼可能？

我從來不曾主動建議別人整形，即使是走進整形診所的客人，我也不會建議對方要怎麼整眼睛，或是要怎麼整鼻子。

通常都是瞭解客人的需求，然後和對方溝通如何滿足對方的需求，最適合動什麼手術，再給建議。

我不會向想要割雙眼皮的客人建議把鼻子墊高，即使我認為這樣會讓客人更漂亮，我也不會這麼說。

說出來比較好？是嗎？當然，如果在和客人溝通過程中，客人問：「我想變成美女，怎樣才能變成美女？」我就會建議比起眼睛，是否應該先考慮鼻子。

但是，走進整形診所的人，尤其是第一次來的客人，通常都有明確的目的，知道自己要整哪裡、整成什麼樣子。

各位難道不認為，這代表客人在踏進整形診所之前，就曾經為此煩惱已久嗎？一定有什麼原因，才會讓他們下定決心要割雙眼皮。

別人曾經嘲笑自己的眼睛。曾經有人說自己眼神很兇。挨老師罵的時候，只是看了老師一眼，老師就勃然大怒問：「為什麼對老師露出這種眼神！」也有的父母因為這樣的原因，擔心會因此影響兒女日後的升學和找工作，於是就帶兒女來整形。

還有某些間接的原因，有人認為自己交不到朋友，可能是因為自己的眼睛讓別人覺得很冷漠；也有人認為自己心儀的男生選擇了其他女生，是因為那個女生是雙眼皮，而自己是單眼皮。

你們說不是眼睛的問題？這不是重點。

重要的是當事人認為是眼睛的問題。如果割雙眼皮能夠解決這件事，不是很簡單嗎？整形當然要花錢，簡單的手術可能幾萬圓就可以解決，但還必須考慮眼瞼的狀態和肌肉的多寡，有些手術可能需要數十萬圓。

我會將這些情況告訴客人，最終還是由客人自己作出決定。他們相信自己下定決心回答之後，等待他們的每一天都會比目前更加幸福。

他們決定鼓起勇氣，踏出那一步。

為什麼要否定他們的決心？

曾經有學生哭著跑來找我，說遭到老師威脅，整形會影響她甄選入學的推薦評語，希望我為她恢復原狀。雖然她最後並沒有再次動手術變回原來的單眼皮，但我聽說她之後就拒學了。

這種校規有必要嗎？

簡直是本末倒置。明明有些學生因為割了雙眼皮產生了積極心態，願意回到學校，校規卻加以禁止，這不是太莫名其妙了嗎？為什麼會認為整形和教育是兩件毫無交集的事？

明明兩者都是讓心靈更豐富的行為。

你們說那不需要花錢、不需要動手術嗎？如果視力不好，應該會去眼科吧？如果有蛀牙，會去看牙醫；感冒會去看內科。

你們說為什麼把長得不好看和生病混為一談？這是對受疾病折磨的人的一種歧視？這根本是吹毛求疵，簡直把我當成了騙子。

各位，請仔細看清楚我的名牌。我是醫生。從醫學系畢業，通過國家考試，也完成了規定的進修，經過政府的許可，開了目前這家整形診所。

來整形診所的每一個人都深受折磨。

我希望更多人能夠愛自己。

我只是為此盡一己之力，我為自己的職業感到自豪。

第一章——六・十四

我希望可以瘦下來——

因為我終於胖過了極限。

這並不是我第一次想要瘦下來。我曾經多次減肥，但這是第一次產生危機感，因為我從來沒有想到自己的體重竟然會到達人生巔峰。

以前我向來以為自己和減肥無緣。

讀小學時，曾經有調皮搗蛋的男生為我取了「雞殼」的綽號。沒錯沒錯，就是堀口弦多。別人說他「很矮」，他惱羞成怒，竟然遷怒於我。我根本沒有這麼說他。

小乃，我記得是妳這麼說他的。

妳沒必要道歉啦……話說回來，美女真的很占便宜。明明是妳毒舌，但因為大家怕妳，反而害剛好在旁邊的我遭到池魚之殃。

妳不覺得自己曾經對別人很兇？我知道，大家並不是因為妳瞪他們而害怕，而是看到妳對他們笑，就會嚇得發抖。現在回想起來，那樣更可怕。普通漂亮的女生不可能憑笑容就讓對方變成木頭人。

我們在只有小學門口會有一個號誌燈的那種鄉下地方一起長大，從我懂事的時候開始，妳就理所當然地出現在我旁邊，所以我一直以為世界上每三十個人中就有一個美女。但之後讀了需要足足騎二十分鐘腳踏車才能到的中學，和搭一個小時公車才能到的高中，以及搭飛機到東京上大學之後，都不曾遇見過像妳這種等級的美女。

雖然對世界小姐的前日本代表說這種話太無腦了。

而且我現在覺得「雞殼」這種綽號簡直太可愛了。討厭我的人對我說的一萬句壞話中，也絕對找不到這麼可愛的綽號。

人類的身體實在太奇妙了，大家都以為我家很窮，所以我才會瘦得皮包骨，但其實大家都想錯了。

務農的家庭雖然收入不高，但重點是會消耗驚人的體力不是嗎？全世界還有比務農更吃虧的工作嗎？而且我只是因為剛好出生在務農的家庭，從小就要無償幫忙家業。

真的是完全沒有拿一毛錢。小孩子的話，只要一天給一百圓，就會感到心滿意足，但我從來沒有拿到過一毛錢。我奶奶的口頭禪是「不要淪為金錢的奴隸」，她就是靠這一招把全家的錢一把抓，也不讓我爸媽管理自己的錢。

妳說這是否代表我家並非因為務農沒錢，只是家裡的金錢完全沒有流動？

但這根本就是霸凌啊。這算是什麼霸凌？奶奶霸凌？

奶奶命令我媽，要好好煮三餐，而且必須用奶奶每個月給我爸媽不到十萬圓的家用搞定。雖然我們家的米和蔬菜可以自給自足，但如果少了魚或肉，我奶奶就會發脾氣，種類不夠豐富也會發脾氣。

所以我家每次吃飯，菜都多得桌子上根本放不下。雖然當時沒有計算卡路里的概念，但現在回想，要是粗略地計算一下，每人每餐應該有兩千大卡。

小孩子當然不可能有辦法吃那麼多吧？但只要剩下，奶奶就會罵人，然後就開始嘮叨戰爭期間的陳年往事。重點是她自己也吃不完剩下，然後開始怪媽媽煮得不合她的胃口，但問題是奶奶又很胖。

現在回想起來，搞不好根本和務農需要體力或是戰爭期間如何如何沒有任何關係，她只是對自己是胖子這件事感到很自卑吧。爺爺在我五歲的時候就死了，中等身材的爺爺很難說是胖子，但奶奶明顯太胖了。

我想起來了，妳以前來我家玩的時候，看到我奶奶，是不是曾經說她「像豬一樣」？結果那天晚上，奶奶比平時更嘮叨，對我罵不停。

啊，我想起來了。照理說，她應該數落妳，不准我再和妳這麼沒禮貌的小孩玩，但她卻挑剔我拿筷子的方法有問題，還說我關廁所門的聲音太大聲，罵我說話沒大沒小。最後還數落我媽媽，說她沒教好我。

全都是因為嫉妒。

雖然我媽的身材一年比一年橫向發展，但當初她年輕時也是弱不禁風的苗條美女。經常有人說，男人都會愛上很像自己母親的女人，但我爸爸的情況完全相反，他是追求和自己母親互補的類型。雖然我不知道他和我媽結婚之前有沒有交過女朋友，但他喜歡的女明星都很瘦。感覺比起豐胸豐臀，他更重視要有柳腰。

我想起來了，有一次奶奶曾經氣得哇哇大哭。那時候我剛進幼兒園，因為第一次看到奶奶哭，之後也沒再看過她哭，所以印象特別深刻。那一次，爺爺幫我媽買了一件衣服，既不是什麼高級服飾，也沒有很好看，只是一件很普通的毛衣。

你從來沒有買過衣服給我。即使我買衣服給妳，妳也只會挑剔，根本不穿。爺爺和奶奶為這件事吵了起來，媽媽在一旁很尷尬。

奶奶也是女人。雖然我小時候就知道奶奶的性別是女人，但我從來沒有想過老人還想穿漂亮衣服、還希望自己很美，更沒想到老人會想要別人稱讚自己的外表，會希望男人愛自己。

我原本以為奶奶整天戴著淡紫色毛線帽是擔心頭部著涼，在我開始在意自己的髮量問題後，才想到可能是為了掩飾稀疏的頭髮。

妳的診所也有很多高齡客人？妳不是整形外科嗎？太意外了。我可以想像有人即使上了年紀，也希望自己仍然美美的，但去整形的話，就是另一個層次的問題了。

整形的目的是什麼？不是那種有喜歡的對象、想要結婚、因為工作和興趣愛好需要和別人接觸，或是要參加選秀會這種需要靠外表闖天下的人才會去整形嗎？除斑？原來是這樣，但去妳那裡的話，手術費幾十萬跑不掉吧？不可能只要五千圓就搞定吧？

我就說要好幾十萬吧，而且比我想像的金額貴了一倍以上。小乃，這種價格不會太黑心嗎？我可不想在電視上看到妳被警察抓走的消息。是喔，沒問題嗎？原來妳事先都會和客人充分溝通，也會明確告訴他們相關費用。

所以那些客人都接受這樣的金額呢。他們花大錢除斑、拉皮，未來可以得到什麼呢？所得到的回報一定要超過所花的錢吧？雖然這些人未來的日子已經所剩不多了。

我這樣說太毒舌？和妳相比差遠了，話說回來，妳真的很會裝乖。我上次看了那個，我一時想不起來叫什麼。對了對了，《現場激辯一整夜》。妳太厲害了，簡直可以轉型當藝人了。

——明明有些學生因為割了雙眼皮產生了積極心態，願意回到學校，校規卻加以禁止，這不是太莫名其妙了嗎？為什麼會認為整形和教育是兩件毫無交集的事？明明兩者都是讓心靈更豐富的行為。

我剛才說話的語氣是不是很像妳？妳說話完全沒有任何口音，聽說有很多人都以為妳是東京人。

不過只要上網查一下，馬上就可以查到了。妳向來不隱瞞自己的經歷，這是妳帥氣的地方。雖然縣市合併之後，很多鄉下地方都升格成為「市」，但我們的故鄉還是「郡」。咦？現在寫地址時還要寫行政劃分的大字嗎？宅配單子的地址欄根本寫不下吧？

等等，我扯得超遠。我們在說減肥的事。

其實我也沒有資格說那些高齡者，我有老公、孩子，每天在家工作，根本沒有機會認識異性，送宅配的人也不像寫真集上的那些人。話說那些人真的是業者嗎？我老公？我比結婚時胖了超過二十公斤，但他從來沒有抱怨過。他只對虛擬的世界有興趣。我體重超過五十公斤時整天嚷嚷著這下慘了、這下慘了，他也只問我一句：「什麼慘了？」

我從四十二公斤一下子胖到五十公斤。雖然中間生孩子時，一度超過五十公斤，但比剛認識他時重了八公斤。照理說他應該會注意到，而且也會支持我減肥，沒想到我努力瘦了兩、三公斤，他只是偏著頭納悶地問我：「有差嗎？」這不是會讓我覺得自己很傻嗎？

結果就一口氣突破了五十五公斤。

我女兒？她什麼都沒說。她現在讀中學一年級，像我一樣瘦得皮包骨。啊，我是說她像我以前一樣。她的食量也很大，晚餐前會吃甜麵包，可以一個人把裝了五個巧克力牛角的家庭包全都吃光光。原本想罵她吃這麼多零食，晚餐會吃不下，結果她晚餐也吃得精光，而且還會添飯。吃完晚餐不到一個小時，又開始吃洋芋片，整包都吃完。

她參加了學校的羽毛球社團，她說那是比沒打過羽毛球的人想像中累好幾倍的耗體力運動。我看奧運比賽時，就覺得有這個可能，但即使這樣，每餐都吃兩人份的白飯正常嗎？

話說回來，我並不討厭下廚，而且把做好的菜放在桌上，就覺得自己也吃了那麼多……對了，我剛才就是在說這件事，結果才說到一半。

瘦子大胃王。我忘了是什麼時候別人第一次這麼說我，因為小時候吃不完自己的三餐就會挨罵，所以無奈之下，只好硬塞，身體可能慢慢適應了，或者說是接受了。結果沒多久之後，即使把自己的餐點全都吃完也不會覺得太撐。

而且，身材完全沒有走樣，還是皮包骨。

我不是有一個比我小兩歲的妹妹嗎？對，對，她叫希惠。我想起來了，妳也曾經說希惠「像小豬」，結果把她惹哭了。我記得那次不是奶奶，而是我媽媽數落妳，不可以說這種話。

我記得，妳並沒有惡意。妳對我媽辯解說，很喜歡妳奶奶在生日時買給妳的《三隻小豬》繪本。繪本裡最小的那隻小豬最可愛，妳覺得和希惠很像，所以這麼稱讚她。而且妳在說話時眼淚不停地流，我媽也慌忙安慰妳說「沒關係」，但妳當時的哭法實在太賤了。

妳為什麼可以讓眼淚這樣不停地流？而且不會流鼻水，也不會泣不成聲或是哽咽，通常哭的時候不是沒辦法說話嗎？對了，上次《傍晚時分》這個節目的觀眾投稿時段中，有一隻狗在散步時看到一隻小貓受了傷，結果就一直舔小貓照顧牠，妳當時就是那種哭法。

我以為自己有朝一日也可以做到，但上了中學、過了二十歲後仍然做不到，就這樣一路活到了四十歲。

我並不覺得妳在假哭。

剛踏上社會時，只要稍微挨罵，眼淚就會忍不住流出來，但並不是遇到任何事都會哭。以前看電視上那些小孩子或是動物很努力奮鬥的節目，也完全感動不了我，看到來賓在攝影棚內流淚，還覺得他們很做作。

但是在結婚後不久，我猛然想到一件事。我上一次哭是什麼時候？我已經太久沒哭，需要為這種事努力在記憶中翻找。我想應該是自己變麻木了。即使老公和公婆罵我或是唸我，都不會進入我的耳朵。我都就像在聽語言不通的外國廣播節目一樣，可以左耳進，右耳出。

當時的心境也很複雜，雖然擔心以後的人生會越來越沒血沒淚，忍不住有點空虛，但生了孩子之後，淚腺比以前發達。我不會為自己的事流淚，但看到女兒很努力，就發現自己不知不覺流下了眼淚。

參加幼兒園的運動會和園遊會時，只要看到女兒在場上奔跑和唱歌，淚腺就崩潰了。即使沒有經歷過那種克服了重病，或是曾經吃過苦之類的事，也可以感動。但這種情況只到女兒小學低年級為止，當開始對女兒有各種期待之後，就無法再輕易流淚了。

原本以為這下子真的將邁入沒血沒淚時期了。沒想到年近四十歲的時候，看到以前完全無動於衷的動物或是別人家的孩子，就會感到一陣鼻酸。沒有面紙的話，根本沒辦法看剛出生的小牛站起來的影片。

這是怎麼回事？到底是怎樣的構造？我的大腦發生了什麼變化嗎？

這不是妳的專業領域？也對，妳是整形外科醫生。整形外科算皮膚科嗎？對了，我在說減肥的事。對不起，我一直岔題。

剛才說到哪裡了？對了，說到希惠。

姊妹的身材差這麼多也很少見。姊姊是全年級最瘦的瘦子，妹妹卻是小胖妹。有人說，是不是家裡的大人很寵希惠，給她吃很多零食？對了，是我們一起去把希惠腳踏車上的輔助輪拆掉的時候，那家腳踏車店的老闆說的。

不知道是不是希惠很容易緊張，她聽到老闆這麼說，就脹紅了臉，快哭出來了，結果老闆也很尷尬。雖然老闆又接著說，他喜歡胖胖的小孩，但常騎重機而且很苗條的年輕老闆娘剛好過來倒汽水給我們喝，所以老闆的話完全沒有說服力。

因為太麻煩了，我也沒有向老闆澄清。

雖然奶奶的確很寵希惠，但其實我吃得比希惠更多。希惠即使飯吃不完也不會挨罵，而且她長得很像奶奶，奶奶很寵她。當希惠被附近的男生嘲笑，哭著跑回家時，奶奶就安慰她說，女生要胖一點才好看。

如果只是這樣也就罷了，但奶奶還會故意罵我，說都是因為我長得一副窮酸相，家裡才會被人誤會，太丟臉了。那我該怎麼辦？我每次都被罵得很不甘心，一個人偷偷躲起來哭。

雖然世界之大，無奇不有，但我想全世界應該只有我會因為瘦這件事挨罵吧。

當時也流行減肥，只是沒有現在這麼大規模。電視上還介紹了葡萄柚減肥法，奶奶每次看到，都會咬牙切齒地說無聊透頂，然後一直要我吃胖點、吃胖點。我又不是因為減肥才那麼瘦。

但是，無論奶奶怎麼罵我、挖苦我，我都從來沒想過要增肥。

因為只要看了就知道，胖了根本不好看。如果整天被關在家裡，不知道外面的世界，或許真的會以為胖比較好看，也的確有以胖為美的國家。但我們住的地方雖然是鄉下地方，終究是在日本，無論在家裡怎麼被洗腦，只要走出家門，就馬上知道這種論調有問題。

而且只有奶奶會罵我，很多同學都很羨慕我。

小六的鼓笛隊表演的時候，學校不是去租了衣服嗎？女生的衣服有五件S號，十件M號和五件L號，一開始就發給我S號，其他人還在領衣服時吵著說什麼我要S號，我要M號，我比較瘦之類的。我穿S號的腰還很鬆，結果只好請我媽重新幫我縫裙鉤。後來有其他同學試穿我的裙子，沒有一個人可以扣上裙鉤。

小乃，我記得妳也一樣啊。

大家都說很羨慕我，還問我有沒有好好吃飯。我回答說，當然有啊。因為我吃營養午餐從來不會剩下，所以沒有人懷疑我說的話。雖然在學校吃營養午餐即使剩下也不必擔心被奶奶發現，但我也不知道為什麼，可能是因為受我媽的影響吧。

在我讀小學高年級後，我媽參加了義工團體，好像是為世界上那些不幸的小孩募款吧。

小乃，我記得他們每次都去妳家聚會，那是不是叫紙花？反正就是用那種有伸縮性的紙做成玫瑰花，然後包成小花束，送給捐款的人。

我媽的手很靈巧，而且做事情很容易投入，她經常在家裡做，有時候也要我幫忙。花瓣的地方很難，所以我只負責用綠色的紙膠帶纏繞在鐵絲上做成花莖。其實綁在一起時根本看不到，但我媽那種時候就變得像奶奶一樣囉哩叭嗦，說什麼不要一下子太粗，一下子太細，要繞得平均一點。我就小聲嘀咕說，我累了。

結果她就拿出了那個，拿出了報紙的剪報給我。

那不是平時看的報紙，可能是那個團體發行的，上面刊登了類似視察報告之類的內容。我不太記得報導的內容，我媽也沒叫我看，只是把照片放在離我五公分的位置。

照片中，飽受飢餓摧殘的小孩子只穿著像兜襠布的內褲站在那裡。可能是柬埔寨的難民，看起來差不多五歲左右，不，不知道他們實際是幾歲，反正看起來就是差不多這個年紀的男孩，全身瘦得只剩下皮包骨，可以清楚看到每一根肋骨。雖然我也很瘦，但完全沒辦法和他們相提並論，而且每個孩子的肚子都很大。

我媽告訴我，因為他們只能喝水，還說世界上有很多這樣可憐的孩子。雖然奶奶說的戰爭的事也很悲慘，但我好像有充耳不聞的本事。我不願去想是因為整天被罵的關係。

但是，眼睛接收到的資訊就無法視而不見，而是會在腦海中留下深刻印象。光是那時候看了幾眼就覺得很慘，妳猜我媽還做了什麼？她竟然把那張照片剪下來，貼在硬紙板上，然後貼在我房間的牆壁上，而且還貼在我當時很喜歡的「雷鳴男孩」的海報旁。

我的房間沒有門鎖，而且把被子攤在屋頂曬的時候，從我房間的落地窗曬出去最方便，所以我不在的時候，家人也可以自由出入我的房間。雖然美其名是我的房間，但根本虛有其名，所以我也不能偷偷撕下來。

全家人中，我最喜歡我媽，所以我不想說她的壞話，更不願意認為她是所謂的「毒親」。但我認為那張剪報絕對可以算是霸凌，這算是什麼霸凌呢？

我沒有給妳看過嗎？妳也不知道做玫瑰花的事？因為妳家很大嘛，對了，我聽說妳家還有偏屋，他們都會在那裡開會。

是我媽把茶包放進不知道哪裡贈送的馬克杯，把水壺裡的熱水倒進去時告訴我的。妳家都是用茶壺把英國皇家御用茶品Fortnum & Mason的紅茶，倒在草莓圖案的瑋緻活茶杯裡，點心也都是手工製作。我媽還曾經用玫瑰圖案的餐巾紙包了餅乾回來給我吃，葡萄乾餅乾超好吃的。

小乃，妳討厭葡萄乾？如果妳對我媽這麼說，她會把妳帶到我剛才說的那張照片前開導妳的。啊？我媽也不喜歡吃葡萄乾？妳怎麼知道？妳媽告訴妳的？所以她才會把餅乾帶回家啊。

我為什麼當時沒有發現？明明平時只有聽她提司康鬆餅、瑪德蓮這些點心的名字，從來沒看過實物。

幸好我並不討厭葡萄乾。不知道是幸運還是不幸，我完全不挑食。希惠倒是有很多不吃的東西，我現在想起來了，我好像從來沒有看過我媽為這件事教訓她。長女差不多都這樣嘛。對了，我記得妳有兩個姊姊？難怪妳會肆無忌憚地毒舌。

我沒有黑妳，我只是羨慕妳。

總之，我早吃晚吃開懷大吃，但一直都是瘦子。

上了中學之後，不是有些同學根本沒多胖，卻說自己要減肥，小便當盒裡只裝一點水果而已嗎？然後櫻桃的籽在嘴裡含了半天，用憤恨的眼神看著我的雙層便當盒說，妳吃那麼多，竟然不會發胖。

我雖然已經習慣別人說我瘦，但我感覺到別人看我的眼神一天比一天強烈，讓我感受到和奶奶的指責不同的另一種責備。有一段時間，我每天午休時間都很憂鬱。

事實上，我也真的為這個問題感到煩惱過。女生的社團活動不是只有網球社、排球社、田徑社和吉他社這四個嗎？小乃，我記得妳參加了網球社，其他人還因為《網球甜心》那部動畫，幫妳取了「蝴蝶夫人」的綽號。我們那個年紀的人應該是會取那個綽號的最後世代。

不久之前，和我女兒同學的媽媽聚餐，其中一個比我小三歲的媽媽竟然卯起來打扮，頭髮梳成像蝴蝶夫人那樣的直捲髮。我忍不住吐槽她說，妳是蝴蝶夫人嗎？她竟然一臉錯愕地問我，那是誰？歌劇的蝴蝶夫人嗎？我忍不住反問她，那個蝴蝶夫人又是誰？我們那時候也都是看傍晚的重播，所以我想可能不是年齡差異的關係，而是地區差異。

先不談代溝的問題，剛才是在說社團的事。我不擅長球技和樂器，運動神經也不怎麼樣，但還是加入了田徑社。妳當時很驚訝，問我跑那麼慢怎麼還敢加入田徑社。如果妳像平時一樣笑著對我說，妳跑得像烏龜一樣慢也就罷了，但妳一臉嚴肅地說我跑那麼慢，我真的很受傷。

但因為我體態輕盈，彈跳力還不錯，所以就主動報名要參加急行跳遠，沒想到顧問老師要我去長跑。我聽了很崩潰，我跑那麼慢，要我跑步？而且還是長跑，應該很快就會落後其他人一整圈吧。

雖然我這麼想，但實際在操場上跑了之後，發現並沒有和其他人拉開太多距離，而且我發現每繞一圈，和跑在前面的同學之間的距離越來越短，我漸漸追上去了。連我也不太清楚到底發生了什麼狀況，只知道每超越一個人時，就聽到那些同學都氣喘如牛，但我並沒有很喘。

跑了一圈又一圈，我完全不覺得累，所以我可以用跑五十公尺的速度跑一千公尺。這是耐力。原本以為吃下去的那些食物還來不及被身體吸收就排了出去，沒想到還是在體內留下了能量。

這是意想不到的禮物。

但是也有問題。因為我越練習，速度就越快，所以老師也很有幹勁，結果我越練習，體重就越輕。在比賽兩週前的加強訓練期間，我的體重每天都掉一公斤。

雖然我的身體狀況完全沒有問題，但老師看我的樣子，似乎覺得情況不太妙，所以在我體重降到三十五公斤時就暫停訓練。問題在於即使我吃再多也不可能馬上就長肉，結果老師只能調整訓練方法，讓我的體重維持在三十八公斤。

我第一次痛恨胖不起來的自己。

但是，但是。啊喲，小乃，妳怎麼還問我在說什麼，三分鐘前的事，怎麼這麼快就問了？我在說午、休、時、間。

班上的同學用責備的語氣問我，妳為什麼那麼瘦？我笑著回答說，可能是體質的關係。妳猜那個同學說什麼？

——這種回答最殘酷，也就是說和努力無關吧？

對方揚起下巴，瞪著我這麼說，我當然也很生氣，所以就反駁了她。

——我倒是希望自己可以胖一點，妳有閒工夫在那裡舔櫻桃籽，還不如去練一下腹肌。

那時候大家都在叛逆期。小乃，我們當時在不同班呢。因為上了中學之後就分成了兩班，我進入夢寐以求的B班。妳還記得我們的班導師嗎？我和那個同學只是無聊鬥嘴而已，竟然有同學找來班導師。即使班導師問我們為什麼吵架，我和那個吵架的同學也都沒說是為了減肥的事。

因為最需要減肥的就是站在我們面前的老師。上課的時候，男生也經常調侃說，老師的身體面積太大，完全看不到黑板上的字。因為老師個性很開朗，所以都會笑著說那些男生沒禮貌。現在回想起來，老師那時候不到三十歲，搞不好聽了內心很受傷。

不，搞不好未必是這樣。我記得在我們畢業那一年，她和妳的班導師結婚了。

他們看起來很匹配，感覺假日會一起去吃蛋糕吃到飽。這代表有些人並不會因為自己胖，就感到抬不起頭。

話說回來，可以討論胖瘦問題的環境很健康，因為在你們那個班級，就根本不可能討論這個話題。

小乃，我要認真向妳請教有關身體的問題。年輕時的體力可以累積到幾歲？回想起來，我發現自己在學生時代的運動量很大，幾乎可以說是別人的一倍。

我在高中時也參加了田徑社，比中學時的訓練更拚，沒錯沒錯，因為高中時的社團顧問老師並不在意我太瘦這件事。因為老師自己也瘦得像竹竿。明明身體很健康，只因為很瘦就遭到關心其實很困擾，我覺得終於找到了志同道合的人。

我那時候身高一百五十五公分，體重又降到了三十五公斤，但那似乎就是底限了。我並不是在說冷笑話，平時正常訓練時，通常都可以維持四十公斤左右。

小乃，妳在高中時加入什麼社團？原來還有天文觀測社這種社團，但其實是「用功讀書社」吧？妳在中學時說以後要當女明星，大家都覺得妳一定沒問題，還找妳簽名，沒想到高一的暑假一結束，妳就宣布要讀醫學系。

當時我覺得根本是癡人說夢。雖然我們那所高中是當地最好的升學學校，但終究是鄉下地方的公立高中。即使看歷屆考生的成績紀錄，也必須回溯到五年前，才能找到有人考進醫學系，而且那個人是外星人等級的天才，從三歲開始就是本地人眼中的神童。那個人的父母也是從東京來的醫生，只是為了促進地方醫療的發展，才會去我們那種鄉下小地方，不是嗎？

雖然妳的成績一直以來都在前十名以內，但大家都覺得考醫學系的難度太高，沒想到妳實力太強了。妳不光長得漂亮，連腦袋也很靈光。妳會在那種鄉下地方出生、長大簡直就是奇蹟。

慘了，我又離題了。不，也不算太離題。妳用功讀書的態度影響了整個年級，所以雖然是一所課業壓力並不大的高中，但大家都開始用功讀書。要怎麼說，那個年紀照理說會覺得說自己要用功讀書很丟臉，但那時候卻可以像打招呼一樣輕鬆說出口。我認為這一點很重要，有時候必須表明自己的決心，然後才能逼自己努力。宣布自己要減肥也一樣。

多虧了妳，我也和妳一樣考上了東京的大學。雖然兩所學校的錄取分數天差地別，但我覺得自己考上了超出原本實力的學校，而且我也很感謝妳，因為我真的很想離開家裡。

年幼的時候被逼著當大胃王也是無可奈何的事，可以視為和整天被催著去刷牙差不多，但我長大之後，我奶奶還是逼我大吃。即使我參加田徑比賽拿了獎狀回家，她卻說什麼有必要為這種廢紙把自己折磨得只剩皮包骨嗎？她根本忘記了我是因為很瘦，才會被找去跑步。

終於獲得自由後，我參加了登山社。也不光是因為想看看我們老家所沒有的風景，而是因為我認為自己的體力應該沒有問題，也沒有人整天逼著我吃東西，更不會有人把我帶到照片前訓話，要我別浪費食物。我可以在自己想吃的時候，吃自己想吃的東西，攝取自己想吃的量。我覺得自己終於有了理想的生活。

我相信是因為這樣，才造成我比以前在家的時候吃得更多。登山社的人基本上食量都很大，很多人都像我一樣吃很多也不會胖，但就連他們也對我的食量感到驚訝。尤其上山的時候，我的行李中有一半是零食。

不，不是堅果或是水果乾那些有益健康、補充能量的食物，我當然也會帶那種食物，但大部分都是巧克力、洋芋片之類的垃圾食物。我也很喜歡吃袋裝的泡麵，隔著袋子把泡麵捏碎，然後再拌湯料的粉末吃。

我每逢假日都會上山，所以雖然很瘦，但肌肉很結實。平時的體重差不多四十公斤，但下山時的體重可以達到四十二公斤，還有一次甚至達到了四十四公斤。在山下公共浴池洗澡時，我的驚叫聲響徹整個更衣室。

我胖了。

我人生的運動史也到此為止。在即將畢業時，我在學生部看到了印刷公司的徵人啟事，覺得那裡的工作應該很輕鬆，假日也可以去爬爬山，於是就報考了那家公司。沒想到完全沒有這種閒工夫，不僅如此，每天只有上下班和午休時間會活動一下身體，除此以外的所有時間都一直坐在電腦前。

我在電腦前寫使用說明書。妳是不是以為那都是廠商寫的？我當時也很驚訝。

小乃，妳家的電視是哪一個牌子？王國牌？不愧是日本最具代表性的電視品牌，但妳一定不知道，王國牌歷代電視機的使用說明書都是我寫的。除此以外，太陽電器所有產品的使用說明書也幾乎都是我們公司做的，所以我也很瞭解家庭用美容器材。

但即使看了按摩器的說明書，也不代表全身就放鬆了。我每天都在電腦前維持相同的姿勢坐一整天，所以在「手機脖」這個名稱出現的十年之前，我就已經是這種狀態了。無論脖子和肩膀都硬邦邦，大腿的狀態就像是阻止血液流動的水壩。有時候站起來去泡咖啡，活動到的部分關節會發出嘰嘰嘰的聲音。不是喀喀喀，而是嘰嘰嘰。

簡直就像是埋在地底下的機器人開始活動。這種形容很奇怪吧？我老公和女兒都很喜歡看動畫，只要有空就會看那種節目，通常在第一集或是倒數第二集，會有機器人從地下冒出來。啊啊，對不起。

雖然我的工作只動手，但全身都很疲累，很想吃甜食，所以都靠吃巧克力和餅乾補充能量，我辦公桌最大的抽屜簡直變成了零食區。坐在附近的同事也都和我做相同的工作，無論男人女人都筋骨很硬、腰痠背痛，所以我經常分零食給他們吃。久而久之，大家都自己買零食帶來公司，有人帶來春季限量的草莓口味零食，還有人帶了百貨公司舉辦知名甜點師特展買的零食，每個人的零食都很有個性，然後他們全都放來我的抽屜。

別這樣，別這樣，我這裡不是茶水間的櫃子，大家還是各自保管比較好。我委婉地表達了抗議，妳猜他們說什麼？

——如果自己保管，不是會變胖嗎？

我露出不解的表情，對方說，如果像妳一樣吃，即使不奢望要像妳的身材一樣，但至少也會變得無法維持目前的狀態。

說白了，就是和之前一樣，我周遭的人都認為我雖然是大胃口，卻吃不胖。因為我從大學畢業後，體重一直維持四十二公斤。我認為這是學生時代鍛鍊的效果。妳說是不是儲存了肌肉？我想也可能是代謝能力的問題。

那不是我剛進公司第一、第二年的事。

第五年的時候，公司的制服改款後買的裙子，我也自己重新改了裙鉤。

有一次，我在上班的途中遇到了奇怪的色狼。那時候是夏天，通常色狼不是都會襲胸或是摸臀嗎？沒想到那個色狼抓我的腰。就是把雙手的大拇指和其他四根手指分開，然後放在我的腰骨上。小乃，就是妳最常做的那個動作。我嚇了一大跳，但因為只有短短幾秒鐘，所以我就不理會他，而且我也有點納悶，不知道那算不算是色狼。

沒想到隔天，我感覺到那個色狼不是用手，而是用一根像是繩子的東西繞在我的腰上。妳猜是什麼？猜錯了，不是皮帶，正確答案是捲尺。我已經不是驚訝，而是啞口無言了。

我真希望他可以順便告訴我是幾公分。男人是不是以為女人都知道自己三圍的尺寸？那是我的上司在喝酒的時候自掘墳墓說的……妳周圍應該沒有這種人吧。

總之，我不知道自己三圍的尺寸，胸圍的話曾經在百貨公司的內衣賣場請櫃姊幫我量過，但腰圍和臀圍都是用七號或是S號之類的衣服尺寸為基準，牛仔褲只能買腰圍五十八公分，然後用皮帶繫緊。

其實自己量並不是一件困難的事，反而有點納悶為什麼我之前都沒有量過。家裡明明有裁縫用品，對，就是讀小學時，學校統一訂購的那個。我的外盒是貓的圖案，妳的呢？妳的是狗嗎？我記得是馬爾濟斯。沒錯沒錯，貓也是白色的波斯貓。我就是用裡面的橘色捲尺繞在自己的腰上。

五十一公分。

有些人看到我瘦成這樣，可能會很想餵食我。我老公就是其中之一。我公司的同事都知道我是大胃王，但偶爾來公司的客戶並不會知道。那時我老公在出版社上班，我們剛好在大廳遇到，他突然邀我一起去吃肉。

雖然這也算是搭訕，但竟然突然開口邀我吃肉，而且是烤肉，就是那種瀰漫著烤內臟濃煙的烤肉店。雖然很好吃啦，不，真的很好吃。

油和鹽不是會讓人上癮嗎？就好像洋芋片會讓人欲罷不能一樣。那家店的內臟油脂也很好吃，我吃了很感動，原來高級肉的油脂也有甜味。雖然那家店也有醬汁醃的肉，但鹽味才是賣點。事先用蒜泥醃肉，烤熟之後再沾鹽吃。用的是巴基斯坦的岩鹽。

雖然一方面是因為炭爐的煙滲進眼睛的關係，但想到這個世界上有這麼好吃的東西，眼淚忍不住流了下來。結果我老公就對我說，他可以每天都帶我來吃。那我當然要嫁給他啊。

我的婚紗很漂亮？那是我老公選的，因為當初是買的，所以現在還在家裡，雖然裝在壓縮袋裡，但還是很占地方。上次難得打開一看，發現那像是還沒有畫圖案的鯉魚旗。照片只能拍到正面，所以看不太清楚，其實那件婚紗裙襬的褶很美。

真希望妳在婚禮上親眼看一看，我寄了邀請函給妳，但那時候妳剛好去非洲。

對了，我原本以為妳只是去旅行，沒想到是做義工？我看了妳世界小姐的簡歷時才知道。妳最大的優點，就是不會四處張揚自己在做善事。妳去那裡挖井嗎？是去偏僻的村落送奶粉啊……

我在聽，我有認真聽。因為很多事情串在一起，讓我的腦子一下子當機而已。那些小孩子的照片？別再提那件事了，妳曾經親眼看過那些深受飢餓之苦的人，我卻把那件事說得好像是自己的心靈創傷，我這個人真是完蛋了。

和像妳這樣的人討論減肥的事真是太丟臉了。小乃，妳平時面對客人時都是怎樣的心情？妳不是整天都要聽那些明明沒有生病，只是因為不節制而發胖的人說想要瘦下來嗎？而且不想肌力訓練，不想控制飲食，只想抽脂，這根本是放棄努力的廢物才會作的選擇。

我當然意識到自己太墮落了。

我沒有告訴我老公，也沒有對我女兒說要來這裡。我可以大大方方把啞鈴、彈力帶和減肥書放在家人看得到的地方，也從來沒有偷偷吃減肥藥。

如果妳不是整形醫師，我應該會放棄抽脂。當我走出地鐵站，在走來這裡的路上，開始後悔選擇了妳的診所。

因為我在櫥窗玻璃上，而且是在細細長長的高級精品洋裝前看到自己的身材後不寒而慄。這是誰？雖然我並沒有刻意避開鏡子，但從來沒有好好站在可以照到全身的鏡子前，也從來沒有從側面看過自己的身影。

正面和側面看到的腰一樣寬，簡直就像酒桶。我覺得好丟臉。早知道應該找一個完全不認識的醫生，很後悔為什麼要特地讓以前認識的人看到我目前這種樣子？只會遭到輕蔑吧……

我也不是一開始就想抽脂。

在生孩子時，我辭去工作，然後開始在家裡接電腦打字的工作。把一些作家手寫的小說稿輸入電腦，或是把刊登在各媒體的隨筆集結成冊。我打字速度很快。但我工作時一直都坐著，而且現在也不需要通勤，所以我知道自己發胖了，也曾經因為穿九號和M號的衣服有點緊感到著急。

所以我控制糖分的攝取，也經常健走，還用啞鈴和彈力帶做肌力訓練。以前我用這種方式減肥，一個星期就可以瘦下三公斤，雖然現在容易發胖，但我還以為自己是很容易瘦下來的體質。

即使瘦下來也無法得到稱讚，而且即使變胖，也只是變成和我的年紀相符的體型，所以我就決定等有人說我胖的時候再來減肥。再加上家裡的體重計也壞了，於是我覺得自己應該還不用減肥。

但是，最近我女兒開始在意自己的體重，於是全家一起去買體重計。其實買便宜的就好，但我老公說要買可以計算體脂肪率和肌肉量的體重計，還說要掌握自己身體的基本指數，我也對自己的身體年齡這個項目產生了興趣。

沒想到……我差一點昏過去。

怎麼會出現這種數字？我老公幫我輸入了身高和年齡，他是不是設定錯了？還是壞了？後來我想到地板可能有微妙的傾斜，沒有保持水平，於是就換到另外的位置重新測量。

可是無論測量幾次，都出現相同的數字，而且我老公和女兒都說和他們在公司和學校測量時一樣，保證正確性沒有問題。

既然這樣，我至少要減肥一公斤。於是我就按照以前的方式開始減肥。

結果努力減肥了一個星期，也沒有少五百公克，雖然有些日子會少個兩百公克，但在剛好過一個星期的那一天，體重和開始減肥之前完全相同。

原來這就是四十歲的狀況。我充分體會到稍微比我年長的女兒同學媽媽說的話。聽說視力會一下子衰退，很容易疲倦，即使控制飲食，同時做運動，體重也減不下來，稍微多吃幾口就發胖。

於是我加強了減肥的力道，不只是控制糖分而已，而是完全不攝取糖分，把原來的健走改為慢跑，肌力訓練也結合了深蹲。

第一天跑三公里時，很快就上氣不接下氣，幾乎快吐了，好不容易才跑完全程，隔天全身肌肉痠痛。我很驚訝自己的體力變得這麼差，但我接受了自己易胖難瘦這件事。年輕時儲存的體力早就見了底，也發現健走根本稱不上是運動。

但是小乃，我跟妳說，最可怕的是「不知道原因」，一些離奇的現象不都是這樣嗎？半夜聽到滴水的聲音會覺得很可怕，但只要知道是水管的螺絲鬆了，就不會害怕了。因為只要知道原因，就可以採取措施，就可以解決問題。

第三天肌肉不再痠痛，我又開始慢跑。之後肌肉不再痠痛，第五天甚至不喘了，我把距離拉長到五公里。第七天測量時減少了一公斤，我高興得跳了起來。

隔週我又完成了相同的內容，妳猜我減了幾公斤？反而增加了一公斤，所以加一減一等於零。怎麼會有這種事？原本以為自己在減肥，結果變成了很能跑步的胖子？是以前再怎麼吃都不會胖的身體，變成了即使控制飲食外加跑步也瘦不下來的身體嗎？明明是同一個人，在四十年期間，體質會發生這麼大的變化嗎？妳不覺得很奇怪嗎？

我覺得這是詛咒。

現在我終於知道，我遭到了報復。

誰報復我？當然是我們以前的同學「六四部屋」的橫綱八重子。

小乃，妳之後有沒有再遇過姓橫綱的人？我完全沒有。在我們老家，那個姓氏也並不常見，無論小學還是中學，都沒有人姓這個姓氏。

但如果我姓橫綱，別人可能會叫我橫綱，也可能會叫我的名字。即使班上同學寄給我的賀年卡上寫了「橫綱」的名字，也只會覺得別人不小心寫錯了，並不會認為別人有惡意。如果新來的老師在四月的第一堂課上叫我「橫綱同學」，我應該只會笑著糾正老師。我相信大部分同學都會這樣。

小乃，我覺得妳也……不，很難說，因為妳是出類拔萃的美女，完全有資格當相撲力士最高等級的橫綱。對，沒錯，「出類拔萃」是重點。

雖然像我妹妹那種有點肉肉的，或是矮矮胖胖的同學會被嘲笑是豬，但他們都並沒有到橫綱的等級。

但是，橫綱真的就是出類拔萃的胖子，除了「橫綱」以外，想不到第二個適合她的綽號。從小學一年級的入學典禮開始，她就是全年級最胖的人。

雖然奶奶一直叫我吃胖點讓我很痛苦，但我也不想變成像橫綱那樣的胖子。

小乃，妳還記得嗎？橫綱每次吃營養午餐都吃不完，起初我以為是她怕胖，所以故意不吃。後來不是發生了那件事嗎？是不是二年級的時候？喔，原來是三年級的時候。

班導師明明是大人，竟然也以為橫綱是故意不吃完。於是有一天要求在橫綱把營養午餐全部吃完之前，其他人都不可以出去玩，必須坐在椅子上等。

那天的營養午餐是麵包、拿坡里義大利麵和什錦水果湯。現在回想起來，根本全都是碳水化合物，但那時候大家都很愛吃，所以我原本以為不需要等太久。沒想到橫綱流著淚小口小口地吃，在第五節上課的鈴聲響起時才終於吃完。

然後……她就吐了。

隔天，她的爸媽一起來學校抗議。之後，明明是班導師的錯，卻開了班會說什麼不可以對橫綱說胖子或是豬之類會傷害她的話。當時橫綱也在教室內，如果是現在，當著當事人的面開這種班會，絕對會引起軒然大波。

不能說胖子，也不能說豬，但並沒有說不可以說橫綱。小孩子真的很傻很單純，但也很殘酷。

即使如此，大家還是不知道橫綱的體重到底有多重。有一部機器人的動畫重播時，片尾曲中不是提到機器人的身高和體重嗎？當時很流行在唱的時候換成自己的身高和體重，但橫綱從來沒有加入。

同學開始亂猜她的體重，後來有人說她叫八重子，那就當她的體重是八十公斤。

於是就決定胖子等於八十公斤。

沒想到有一天終於知道了正確的數字。

小乃，妳還記得量身高、體重的流程嗎？沒錯，男生和女生分別按照學號的順序排隊進入保健室，測量完的人就先離開保健室，所以學號最前面的人身高和體重都會被大家知道。

身高由高個子的體育老師負責測量，體重由保健室的老師測量，班導師負責記錄。其實只要記錄的人可以聽到就好，但保健室那個老太婆每次都說得好大聲，好像在頒發畢業證書。

升上高年級後，女生都會對自己的體重感到很害羞，所以都很羨慕學號在後面的我。因為結城志保的後面就只有橫網八重子一個人。

也許橫網最慶幸有這種測量方式，因為沒有人會聽到她的體重。

沒想到竟然有同學動了歪腦筋。

六年級的第一學期，和之前一樣，保健室內只剩下我和橫網兩個學生，老師大聲說出了我的身高和體重。一百四十五公分，三十三公斤。沒錯，我上中學之後長了十公分，但我並沒有太在意身高的問題。因為奶奶並沒有挑剔我的身高，而且她自己也很矮。她不會注意到和她相似的地方，不，應該說是不會討厭和她相似的地方。

大家的體重都超過三十五公斤，只有我不到三十五公斤，我對這件事感到很沮喪，走出保健室後關上了門，發現有人拉我的運動服。我差一點叫出聲音，隨即發現有兩張臉出現在我面前，而且都把食指放在嘴唇上。

蹲在門旁躲起來的是安田珠美和山岡美津江，她們的學號剛好在我前面。我猜想是珠美想到這個主意，然後找美津江一起，因為珠美向我招手，要我蹲在她旁邊。

雖然我不知道她們在幹什麼，但還是順從地蹲了下來，聽到保健室內傳來響亮的聲音。

——六十四公斤！

我覺得我這次的語氣也學得很像，重點就在於好像怪聲怪氣地在背九九乘法表一樣，要說成六．十四。

原來她們是為了這個目的。我恍然大悟，珠美拉著我的手一路衝向教室。當然是為了不讓橫網知道我們躲在那裡偷聽她的體重。

——原來並沒有八十公斤。

珠美邊跑邊說話的臉上完全沒有遺憾，而是滿足度百分百的表情。也許我臉上的表情也差不多。

比起隨便亂猜的大數目，當然是這種讓人說不上來的真實數字更刺激。而且還發現了很巧合的地方。

——志保，是妳的兩倍！

雖然我們好像掌握了大獨家新聞，但回教室後並沒有立刻告訴其他人，只是露出不懷好意的笑容，但三天之後，包括男生在內的全班同學都知道了。小乃，我也告訴了妳。妳還說，原本以為她會超過一百公斤，所以有點不甘心。看來妳也有曾經傻呼呼的時代。

之後，六四在我們班上就成為特別的數字。上算數課時，只要答案是六十四，就會響起笑聲，聽到發音中有一部分和六、四相同的昆蟲和濾紙時也會笑，因為大化革新是在西元六四五年推動的社會政治改革，所以有人就莫名其妙地一直大聲重複記年號的口訣。沒錯沒錯，還想了一堆像是俄羅斯、羅西尼、廣島這些發音有一部分和六或四相同的字。

還有校長的姓氏比呂志中也隱藏了六和四的發音……

我作夢都不會想到，自己站在體重計上竟然會看到這個數字，而且不多不少，剛好是六十四點零，更增加了不祥的感覺。

還沒有胖到需要在意的程度？以身高來說，的確和橫網當時的身材不一樣。她的身高是全班最矮，應該還不到一百四十公分，對，我當時沒聽清楚她的身高。

但六十四公斤應該算是胖子的分界線喔。

上次我不巧聽到了我老公和女兒的談話。我們去暢貨中心逛街，約好了見面的時間，三個人分頭各逛各的。因為我每次都會遲到，所以他們父女兩人那天也以為我會晚到，其實我就坐在他們隔壁第二張長椅上。因為我不想根據目前的身材買衣服，所以早早就逛完了。

雖然我知道六十四公斤是胖子，但聽到別人這麼說，還是很受打擊。

——我剛才在店外面看到媽媽在看皮包，感覺好像一塊大岩石。以前也這樣嗎？媽媽該不會生了什麼病，你們瞞著我？

女兒說話時的認真語氣讓人感到不捨，也許是因為這個原因，我老公才會那麼回答。

——妳媽只是中年發福。岩石的比喻還真貼切啊，想當年，她就像玻璃雕刻，好像輕輕一碰，她的腰就會折斷。歲月真是一把殺豬刀啊，虛擬世界的女生就不會讓人失望。啊，妳絕對不可以告訴妳媽，我說了這種話。

那時候剛好有一群外國觀光客經過，於是我就混在他們中間離開了。三十分鐘後，拎著我根本不想買的服飾店紙袋，笑著說「對不起」，出現在他們面前。妳不覺得我很厲害嗎？

妳說我應該買鞋子？這不是重點吧，但鞋子的尺寸的確沒有改變。好厲害，鞋子真的是一輩子的朋友啊，只有鞋子不會背叛我。靴子就不行？妳不要落井下石啦。

另外，我上個星期回了老家一趟。

因為我媽說有重要的事商量，要我至少一個人回家一趟。我媽的語氣聽起來很嚴肅，我還以為家裡有誰得了重病，於是就馬上趕回去了。

結果竟然只是希惠決定要結婚了。她在老家那裡的中學當老師，說要和對方家人一起吃飯見個面。我媽臨時這麼告訴我，我根本沒有帶像樣的衣服，於是我就向我媽抱怨，結果我媽說，誰會想到妳出門搭飛機，竟然會穿得像去附近超市一樣邋遢。

——妳以前很瘦的時候，不是每天都穿得像要出門作客嗎？

我媽竟然嘆著氣對我這麼說。我以前就對打扮沒什麼興趣，只是穿普通的衣服而已，而且價格都是比現在少一個零的便宜貨。說白了，就是瘦子穿什麼都好看。

我覺得特地買新衣服很蠢，於是就決定向我妹妹借衣服穿。妳猜她說什麼？

——妳穿得下嗎？

我沒想到當年的小豬竟然對我說這種令人屈辱的話，簡直是狗眼看人低。我打開她的衣櫃，發現有幾件束腰的洋裝，想到她以為我連這種都穿不下，就既不甘心，又窩囊。我當然穿得下，只是肩膀那裡有點緊，但並不會太緊。

然後就去吃飯了。小乃，妳還記得「柳飯店」嗎？沒錯沒錯，就是餃子很好吃的那家中式小餐館。那家餐廳由老闆的兒子接手之後重新裝潢，店名改成了「中式創意料理YANAGI」，變成一家高級中餐廳了。

還有沒有餃子？套餐裡沒有餃子，所以我不知道。原本我也想吃看看，但蝦子、螃蟹、鮑魚料理不停地端上桌，根本來不及吃。

兩個當事人很緊張，對方家長也一直在說話，我的父母忙著附和，大家都沒在吃。新的菜送上來時根本沒地方放，餐廳的人露出了為難的表情。對方並沒有兄弟姊妹參加，所以當然只能我吃了，對不對？沒想到……

——太丟人現眼了。

我聽到我媽小聲嘀咕，轉頭一看，我們剛好對上眼。她在說我吃東西？我在媽媽的臉上看到了以前照片上的小孩，感到不知所措，所以就放下了筷子。

親家母似乎看到了。

——對不起，我們忙著說話。姊姊，妳不必客氣，多吃點。一人吃，兩人補，目前幾個月了？

她在搞笑嗎？還是在說女性雜誌投稿欄上的笑話？遇到這種事，只能一笑置之。妳猜誰開了口？我爸爸。向來沉默寡言，那天應該除了打招呼以外，應該就沒開過口的我爸竟然接了話。

——那是脂肪。

我爸一本正經地說，現場頓時鴉雀無聲。然後親家公突然開口轉移了話題，說什麼現在的世道真是太可怕了，原來他朋友的女兒突然死了。我目瞪口呆，完全搞不懂他為什麼說這句話。

被親家母數落之後，他立刻改變了話題，幸好聊到賽馬，他和我爸爸聊得很投入，但我不久之後，才終於知道親家公為什麼突然想起那麼不吉利的事。

雖然我原本打算隔天馬上回來，但最後去看了我奶奶。奶奶失智的情況越來越嚴重，所以就住進了安養院。她已經連我媽和希惠也不認識了，以為我媽是護理師，希惠是她妹妹。

——奶奶應該認不得妳了，妳不必放在心上。

雖然我媽一臉嚴肅地這麼對我說，但我根本不放在心上，即使奶奶忘記我，我也完全不覺得難過，反而覺得自己可以對她好一點。奶奶的內臟還很健康，也沒有飲食限制，所以我還去買了奶奶以前喜歡的「朝日堂」豆大福。沒錯沒錯，就是商店街的兩大人氣商店之一。我還在想，幸好我們家都喜歡「朝日堂」……

從結論來說，早知道就不去了。

她看到我完全沒有反應，我想她應該不認得我了，但還是向她打招呼。

——奶奶，我是志保。

奶奶突然雙眼有神，狠狠瞪著我。

——妳怎麼可能是志保？她像模特兒一樣又瘦又漂亮，是我引以為傲的孫女。如果妳想騙我的錢，先去減掉妳那身贅肉，妳這頭豬！

當打擊太大時，記憶真的會消失。當我回過神，發現自己已經搭上了飛機，隨手翻開了放在座椅口袋裡的雜誌，結果就看到了妳。我覺得只有妳能夠拯救我，所以……

請妳幫我抽脂，以公克為單位就好，請妳讓我擺脫六四的詛咒。

為什麼她要詛咒我？妳竟然問這種問題……橫網發現班上所有人都知道她的體重，她會猜想是誰說出去的？她並不會想到珠美她們躲在保健室門口，因為她並不是那種人，所以一定會懷疑學號在她前面的我。

她已經開始復仇了。我知道自己這麼說很荒唐，但總覺得累積多年的強烈意念可能有某種力量。

那天親家公在中餐館說他朋友的女兒去世了，聽說就是橫網的女兒。因為我想到吃完飯時，親家母曾經數落她老公，沒必要在那種場合說橫網的事，於是就去向仍然留在老家的老同學確認。不，不是堀口，是珠美。

雖然不知道她女兒去世的原因，但聽說是自殺。她女兒好像很胖，我猜想親家公也是看到我的樣子，才會提起橫網女兒的事……總之，珠美覺得兩者之間可能有什麼關係，猜想她一定是因為胖被嘲笑了。

聽說橫網很疼愛她女兒，在她女兒去世之後她沮喪了很久，甚至說她差一點瘋了。

也許橫網回顧了自己的人生，開始痛恨曾經看不起她的人。

對了，我也問了珠美，當初是妳最先說影射相撲選手的「六四部屋」的。我和其他人只是覺得這個名稱很好笑，但其實「六四部屋」是妳在貶低橫網呢。

即使發現大家聽到羅西尼笑出來，橫網也不會覺得大家在笑她，但如果聽到「六四部屋」，一定會知道在說她，也會猜到大家知道了她的體重。

都是因為妳，害我被她記仇。

能不能看在這一點上幫我稍微打個折啊？

第二章——甜甜圈芯

我想把鼻子稍微墊高一點——

就是那種感覺不到重力，鼻梁線條很挺的那種感覺，然後鼻翼要縮小一點，當然是兩側都要。

對了，學姊，妳是剖腹產嗎？

妳為什麼露出這麼錯愕的表情？美女做這種表情太好笑了。我說了什麼奇怪的話嗎？妳該不會不知道我是妳中學的學妹？

我請經紀人為我預約這家診所，她竟然對我雙手比叉，說那裡不可能。我忍不住抱怨，為什麼連問都沒問就拒絕我？然後她告訴我說，三天前，經紀公司的另一個女生被拒絕了。

我當然知道這家診所很受歡迎，所以作好了要等半年的心理準備，但經紀人接下來說的話讓我的理智線斷裂，妳猜她說什麼？

——像妳這種程度的女生恐怕……

這是什麼意思？不就意味著和診所生意很忙沒有關係，而是走紅的女生才能預約到嗎？

我很想問她，那妳現在腦海裡想到的是誰？我當然沒有說出口。我也有自尊心，但是我的經紀人是一個姓大西的老太婆，她的直覺很靈，簡直就像靈媒一樣，可以一眼就看穿我在想什麼。

不過通常即使知道別人在想什麼，也不會說出口，不是嗎？但大西不是這種人，她會大剌剌地說出來，不知道曾經害多少人流淚，更火大的是，她對目前走紅的偶像就會手下留情。

她自己以前也是混不出什麼名堂的偶像，卻一副理所當然和走紅的偶像站在一起的嘴臉。話說回來，這總比被她同情好多了。如果大西對我說鼓勵的話，簡直就等於宣布我毫無戰力。

我必須在這一天到來之前採取措施，而且我又沒有要求經紀公司幫我出這筆錢。

所以我就告訴她。

橘久乃整形診所的所長是我的學姊，我們的父母也都很熟，妳可以報上我的名字預約看看。我說我們的父母很熟並沒有說謊，我媽媽現在還會去參加學姊媽媽主持的俱樂部。就是做義工的那個俱樂部。

學姊，如果妳懷疑，可以問妳媽媽認不認識如月。我媽媽是很熱心的信徒。

啊，我的名字如月亞美是本名。我媽媽年輕時想當偶像，後來覺得既然嫁給了姓氏這麼好聽的老公，就想到為女兒取一個以後當偶像時，可以用本名在江湖上走跳的名字。是不是超有頭腦？

順帶一提，我媽媽名叫敏子，以前姓村山，村山敏子，是不是很好笑的名字？妳沒聽過？

原來妳不知道。我媽媽的年紀和妳相差很多歲，而且妳也不可能認識老家那裡的所有人。對不起，我問了好像《鄉下地方才有的事》那種節目一樣的問題。

但是，我認為老家所有人都知道妳，因為妳已經不只是鎮上的頭號正妹，而是全日本最美！

對了，妳以前讀書時，學校的文化祭有選校花嗎？我們那時候要選第一中學小姐。不過第二中學已經沒有了，還繼續叫第一中學不是很奇怪嗎？不會吧？妳那時候還有第二中學？對喔，我一直以為妳二十多歲，所以認定和我差不多，但其實妳和我媽的年紀比較接近。

這當然是稱讚，是稱讚。

一個年級只有兩個班級，A班和B班。這和妳那時候一樣？太好了，但妳那時候沒有選校花？咦？我聽我媽媽說，她讀書的時候有選，媽媽最好的成績是在全年級得了第三名。她辯稱說以前每個年級有三個班級，她是班花。

是喔，原來學姊那時候剛好有人提倡不要辦這種活動。我知道，我曾經聽我媽媽說過。

是不是那些口口聲聲說，每個女人都很美！但其實是和美根本無緣的老太婆拉起橫布條，舉著塑膠牌子提倡廢止選校花運動？

怎麼可能每個女人都是正妹？

所以現在又恢復了選校花的活動，但出現了各種不同的項目，所有人都可以進入某個項目的前三名。像是療癒系或是運動萬能還能夠理解，竟然還有擅長打掃的人這種項目，被選上這種項目的人會開心嗎？

我連續三年都被選為「第一中學小姐」。

雖然校花的標準除了外表以外，更要重視積極參加學校活動、心地善良等內在美，以整體的人品進行判斷，但看了投票結果，一眼就可以看出無論校花還是校草，都是憑外貌取勝。

雖然有人在背後說什麼亞美的個性其實並不怎麼好，還說我沒有好好做班幹部的工作，但即使我聽到了，也完全沒有受傷。因為這不就證明我是靠臉蛋取勝嗎？比起稱讚我的內在美，臉蛋漂亮絕對更重要。

但是聽到有人在背後說我只有臉蛋而已，我就超火大。

外國人不都說聰明、運動高手這種才華是「禮物」嗎？是上天賜予的禮物，臉蛋和身材不也是禮物嗎？而且就像會讀書的學生會去補習班，運動能力強的學生會在社團努力訓練一樣，我也為讓自己看起來更漂亮付出了很多努力。

但是，前面兩種努力都會得到大家的肯定，卻說得好像我只靠上天的禮物。我無法原諒這種說法，那些連防曬霜也不擦的人沒資格說三道四。

現在回想起來，就覺得她們只是嫉妒而已。遇到這種事，其實只要一笑置之就好，但我竟然動了氣。

可見當時我很努力讓自己成為一個可愛的女生。

從我懂事的時候開始，我周圍的人都說我很可愛、很可愛，把我捧在手心，說我以後可以當偶像或是女明星……還不止這樣。

還有人說，要成為橘久乃第二、日本小姐也不是夢。

從這個角度來說，妳也是我的學姊。我為了向妳看齊，看了很多書。《久乃流美女伸展操》、《久乃的美女餐》，還有另外三本，我都放在家裡。

最幸運的是我媽媽也提供了大力協助。

如果是一個人住的粉領族，只要準備自己的餐點就好，即使斷食也是自己說了算，但如果和家人住在一起，三餐不是很難只考慮美容的問題嗎？不然爸爸要吃什麼？

我爸爸是船員，所以一年只有幾天會和他一起吃飯。媽媽也很認同美容，有一陣子還根據妳在書上的菜單做菜。雖然媽媽搞不好不是為了我，而是為了她自己。

不過話說回來，她也會對我說，洋蔥可以淨化血液，番茄可以抗衰老，所以應該還是為了我。我們每天晚上都會一起做伸展操，母女一起過提升審美觀的生活也不錯。

說了那麼多，其實別人覺得我沒有努力讓我很火大，但如果要問我有沒有努力到把自己逼到極限的程度，其實也沒有。

即使不需要這麼努力，只憑上天的禮物，在老家那裡也找不到比我更漂亮的人。嗯，只是在老家那裡而已……

對了，學姊，妳是剖腹產嗎？咦？妳怎麼又偏著頭露出納悶的表情？所以妳並不是納悶我叫妳學姊嗎？

對喔，我忘了。學姊已經生過孩子了，所以妳不知道我問的是妳出生的時候，還是妳生孩子的時候。

我想知道的是妳出生的時候。

我就知道！妳果然是剖腹產生下來的。

妳問剖腹產怎麼了？學姊，妳好討厭，妳是認真的嗎？

我是說鼻子的形狀。

學姊，妳有沒有看《我們的教室》這齣電視劇？剛下檔的電視劇。妳說妳還沒看，但根本已經播完了啊。這部描述學生和老師認真對抗的問題作品，引起了討論，收視率也都一直超過十。

學姊，妳都在那種嚴肅的新聞節目中當名嘴，也會被問到教育的問題，不是嗎？所以妳也要關心一下這種電視劇。

也許妳會對劇情的誇張設定很不以為然，但有的老師真的很爛。那齣電視劇中也有，甚至把學生逼去自殺。

在那齣電視劇的拍攝空檔，我聽到沙良和別人聊到這件事。

沒錯，就是倖月沙良。妳為什麼沒看那部電視劇，卻知道她的名字？也對啦，她拍了很多廣告，而且不需要試鏡，就已經決定找她演明年的晨間劇場，有人不認識她才奇怪。

妳問我是不是也演了那部電視劇？有演啊，所以才會和妳聊這件事啊。即使妳無法像大西那樣，但也該猜到我想說的話啊。雖然我在劇中幾乎沒有台詞，但那個角色有名字喔。

沙良是女主角。這種事需要確認嗎？少根筋的大人在同年代的人眼中或許很可愛，但在晚輩眼中，就覺得很白目。啊，當我沒說。不，我應該說對不起。

因為這是諮商，妳會明知故問，引導我把妳想要的答案說出口，對吧？讓我可以整理自己的思緒，覺得是憑自己的意志決定要動手術，才不會在動完手術後感到後悔。

那我重新說明，電視劇的女主角是倖月沙良。她和我同年，在十四歲時，參加「國民妹妹選拔賽」獲得特別獎後進入演藝圈，目前漸漸躋身國民女演員的行列。雖然她拍戲時有自己專用的休息室，但因為她在劇中飾演帶領全班的班長，所以在拍戲的空檔，都會來我們的大休息室。

無論她在大休息室中央，或是走去角落，只要有她在的地方，她就是人群聚集的中心。雖然起初大家都很緊張，都不敢靠近她，但很快就聚集在她的周圍。

她是千金大小姐型的正妹，而且之前經常演一些任性的角色，所以原本以為她是那種自以為了不起的人，沒想到她為人很隨和親切，會主動邀請大家一起合照。有人在雜誌上只是被稍微拍到，她就會對當事人說，我在某某雜誌上看到妳。

不過我並沒有加入她們。因為我演的角色沉默寡言，也沒有朋友。大明星在休息時也融入角色，我怎麼可以打擾她呢？

我在離大家有點距離的地方聽她們閒聊。不，應該是她們說話的聲音自然傳入我的耳朵。她們聊天的內容都很沒營養，都在拍沙良的馬屁，所以我幾乎都充耳不聞……

——沙良，妳的鼻子形狀真的好美。

我聽到這句話，立刻豎起了天線。雖然我最受不了有人稱讚沙良是正妹的話題，但當時覺得有哪裡怪怪的。

鼻子？

在此之前，我一直認為沙良的特徵是那雙眼眸深處好像有一片宇宙的大眼睛，但是親眼看到她之後，發現她的眼睛和我差不多大。而且同劇組的女生中，有的人比她的眼睛更大，所以我一直很納悶，為什麼沙良看起來最漂亮。

所以關鍵是鼻子嗎？我的天線用力豎了起來，聽到沙良這麼回答。

——可能該感謝我媽，因為我是剖腹產生的。

我聽不懂她在說什麼，周圍的女生似乎也都很納悶，但其中一個人恍然大悟地拍了一下手，向大家說明。

——產道不是很狹窄嗎？如果是正常分娩，要經過好幾個小時才能從那裡擠出來，鼻子當然會被壓扁。

還有這種事？我重新打量沙良的側臉，發現她鼻子的曲線真的很美，流暢的線條不要說沒有任何壓迫感，甚至感受不到重力的存在，好像從來沒有擤過鼻子或是趴著睡覺。

大家也都認為這種說法有道理，甚至有人表示同意，說以前也聽過這種說法。還有人說，可能對頭形也有影響。

沙良綁著馬尾，所以可以確認她的頭形，我發現她後腦勺的曲線也很美。

我想起媽媽以前曾經告訴我，在我嬰兒的時候，為了擔心我睡成後腦勺像峭壁一樣的扁頭，她都讓我睡甜甜圈形狀的枕頭。雖然我的頭形來自媽媽的努力，但沙良的頭形是禮物。當然，還有鼻子。最主要是鼻子。

相較之下，我的鼻子……在此之前，我從來沒有對自己的鼻子感到自卑。我既不是朝天鼻，也不是蒜頭鼻，既不高，也不塌，就是很普通的鼻子。

普通的鼻子？這樣就滿足了嗎？我生活的世界並不是能夠靠普通的長相打仗的地方，雖然我之前就意識到，眼睛和嘴巴都必須比別人更美，但為什麼之前我一直對自己普通的鼻子感到滿足？為什麼從來不覺得奇怪？

我仔細觀察自己的鼻子，發現自己的鼻子線條明顯曾經被壓扁過。如果說沙良的鼻子像是全新的羽絨衣，我的鼻子就像是整整穿了一個冬季，去洗衣店洗完拿回來的羽絨衣。

妳說我這個比喻很有趣？妳是不是在嘲笑我？因為妳是學姊，所以我不和妳計較，但妳要認真聽我說喔。

這種差異真的是因為這是禮物嗎？生產方式的不同，應該並不算是上天賜予的禮物吧？

而且沙良並不是因為胎位不正，或是臍帶纏到脖子等原因剖腹產。她媽媽懷她哥哥時胎位不正，於是就剖腹產，所以在生她的時候也必須剖腹產。

所以這是不是代表即使沒有胎位不正，即使沒有特殊原因，也可以剖腹產？

如果我媽媽知道分娩的方式會對鼻子和頭形產生影響，我相信她絕對會選擇剖腹產。如果我媽媽當初選擇剖腹產，我的鼻子形狀就可以和沙良或是學姊妳一樣了。之後，我無論看到誰，第一眼都先看對方的鼻子，然後猜想對方一定是剖腹產生下的孩子。

我也上網查了一下剖腹產這件事，發現很多有錢人好像早就知道這件事，只是我和我媽媽不知道而已。為什麼媽媽沒有接收到這個資訊？在我繼續調查之後，發現了許多驚人的報導。

很多人為當初選擇了剖腹產感到煩惱。

她們似乎為無法正常分娩感到懊惱不已，覺得自己連普通的事都做不到，甚至有人覺得生下來的嬰兒不是自己的孩子而感到煩惱。

為什麼？如果是我，一定會超感謝。雖然我滿腦子問號，但在看了那些文章之後，我總算能夠瞭解了。

妳是我忍受陣痛的煎熬生下的孩子。雖然我媽媽從來沒有對我說過這句話，但電影和電視劇中不是常聽到這句話嗎？

想當初我忍受陣痛的煎熬生下妳這個孩子，如今竟然要承受妳帶給我的這種殘酷的打擊；為了我忍受陣痛的煎熬生下的孩子，要我做什麼都願意；沒想到我忍受陣痛的煎熬生下的孩子，竟然被人掉了包……

另外，通常認為女人比男人更堅強，是因為女人天生就可以承受分娩的疼痛，苦盡甘來，忍耐痛苦之後就可以迎接喜悅。

我很怕痛，覺得自己應該沒辦法生孩子，於是就查了無痛分娩，結果發現很多選擇無痛分娩的人也很後悔。

學姊，忍受疼痛的經驗有這麼重要嗎？

原來學姊也是無痛分娩，那妳孩子的鼻形好看嗎？所以這代表妳也不知道剖腹產會影響鼻子的形狀吧？既然這樣，也就不能怪我媽不知道了。

妳會後悔當初無痛分娩嗎？

原來重要的不是自己克服了疼痛，而是順利生下孩子嗎？對嘛，我也這麼覺得。聽醫生這麼說，就覺得很有說服力。

在孩子的成長過程中，會遇到需要比分娩時的陣痛更需要咬牙克服的難關，不必拘泥於一次的疼痛。這句話很有道理，也很沉重，簡直可以記下來印在日曆上。

比起結果，日本人太重視過程，所以才會說出「流汗之後才有榮耀」之類的話。尤其是日子過得並不順遂的人，更常說這種話。不過話說回來，我剛才也說了努力很重要之類的話呢。

對了，沙良也在拍攝的空檔說過，她很希望可以透過試鏡爭取到晨間劇女主角的角色。

大家都知道妳很努力，所以判斷妳根本不需要試鏡。雖然有其他人這麼說，但沙良竟然對同行，而且都是女演員的人說這種話。

我相信其中也有人報名試鏡。再說下去就變成我在嫉妒她，所以就不說了。重點就是凡事結果最重要。

我一直沒有發現這麼簡單的道理。

說起來，以前我一直很反對整形這件事。我周圍的人也常說我的想法很保守，我把這種評價視為稱讚。也有人說我是謹慎的人，但我無法原諒有人認為我是來自鄉下地方，所以才會有這種想法。

我第一次來東京時看到這麼多人的確有點嚇到。非假日的中午時間，為什麼車站有這麼多人？附近在舉辦廟會嗎？

如果要我找十個曾經整過形的人，在老家那裡可能沒辦法，但在東京應該並不是一件困難的事。光是之前一起演戲的人中，應該就可以找到十個。雖然即使問她們，她們也不會承認。

還有一個更確實的方法，就是來這裡。因為來這裡整形的人多到根本排不到預約。以前在老家那種鄉下地方，不是有人每天都貼雙眼皮膠嗎？每次看到這種人，我都很搞不懂，為什麼要弄那種一看就很假的雙眼皮？一眼就看出來了。問題是即使冒著會被別人看出來的危險貼了雙眼皮膠，結果也沒有變得多可愛。

我認為的確需要努力，但如果沒有上天賜予的禮物作為基礎，再怎麼努力也是白費力氣。就好像即使我每天讀好幾個小時的書也考不進東大，即使每天跑步好幾個小時，也不可能去參加奧運一樣。

當然也有像學姊妳一樣得天獨厚的人。

如果以根本不可能達到的目的作為目標，無論再怎麼努力都只是浪費時間。人生不可重來，而且並不是每個人都有辦法活到老。

不久之前，我還覺得人生太長了。從出生到現在就已經夠長了，但其實只活了不到平均壽命的四分之一，光是想一下就覺得累了。那時候我覺得也許再活十年，自己就會對人生感到疲累而選擇自殺，然後覺得還要再活十年也很長。

我根本不瞭解死亡。但是，半年前，我的中學同學自殺了，才第一次發現原來活著並不是理所當然的事。雖然演的那齣電視劇中有同學死了的場景，所以我讓自己在演的時候結合現實的經驗，但在內心深處顯然還是認為那只是編出來的故事。

即使沒有生什麼重病，明天也可能會死，也可能因為厭惡自己選擇死亡。如果不珍惜自己，如果不好好愛自己，可能就無法活下去。

於是我下定決心，要好好愛自己。

我最喜歡自己的臉蛋，只是有某個部位並不是上天賜予的禮物。不，我相信鼻子原本應該也是禮物，只是媽媽用錯了分娩的方式。

事到如今，我並不打算責備媽媽，因為我有可以挽救的方法。

我並不是要整鼻子，只是要恢復我在媽媽肚子裡的時候，上天賜給我的狀態。這樣的話，我又可以成為最可愛的女生，成為晨間劇女主角也不再是夢。學姊，拜託妳，請妳讓我的鼻子變成妳或是沙良那樣。

咦？學姊，妳有在聽我說話嗎？

妳的眼神好像放空了，我說了什麼奇怪的話嗎？該不會因為妳和沙良的鼻子完全不同，所以妳很傷腦筋，希望我選出想要的範本？

不是這樣？那是……為什麼？

自殺的那個同學是不是姓Yokoami？這是什麼怪姓氏，我還以為是邁阿密呢。

Ami的發音和我的亞美一樣，是姓Yoko、名Ami嗎？還是姓Yokoami？

不是，我那個同學不是姓什麼Yokoami。

可能是她媽媽結婚前的姓氏？那有可能。

Yokoami的漢字該不會是橫綱？

真的假的？原來網和綱是兩個不同的字。是喔，原來這樣寫，但瞇眼看的時候根本就是橫綱啊，太好笑了。

但有可能真的是她媽媽的姓氏，因為她媽媽看起來就有那種感覺。俗話不是說，人如其名嗎？不過，她媽媽還不到橫綱的等級，是大關？比橫綱低一級的叫什麼？關脇？沒錯，她媽媽差不多就是那種等級的胖。

說起來，女兒才像是橫綱。如果她姓橫綱，大家一定會叫她橫綱。不然也可能叫她「親方」。相撲選手退休之後，成為相撲部屋掌門人才是「親方」？那應該就還是橫綱。妳不覺得叫小橫聽起來很可愛嗎？

她會受傷？怎麼可能？她不是這種類型的人。

我上中學之後才認識她。

雖然是鄉下地方的公立中學，但進了中學之後，有一大半的人都不認識，所以在入學典禮的時候我一直東張西望。我當然只注意漂亮女生。

我對醜女沒興趣。

不是經常有女生霸凌醜女嗎？雖然那種人常常自以為很漂亮，但我覺得她們其實都是中等程度的醜女。真正漂亮的女生不需要踩在別人頭上，別人也會覺得她們很漂亮，所以才懶得管別人。那些其實並不漂亮，卻希望別人認為她漂亮的人，就會急著找出班上前五名的正妹，然後開始玩搶椅子遊戲。

我一直都坐在椅子上。學姊，妳應該也有這種經驗吧？

而且，妳不覺得第五名的正妹很可笑嗎？無論分母再怎麼增加，第一名很可能仍然是第一名，學姊妳是日本小姐，所以分母有一億兩千萬。不對，有一半是男人，還要扣掉老人和小孩子……反正就是妳站在超大數字的頂點。

但是，一個班級最多四十個人，而且有一半是男生，二十個女生中的第五名，不就等於一百個人中的二十五名嗎？我雖然很笨，但這點計算還難不倒我。這不重要，二十五名根本稱不上是前段班，已經是相貌平平的普妹範圍了。

第二名也差不多，所以我只對第一名有興趣。

我抱著這樣的想法觀察新同學，發現並沒有比我更漂亮的女生，但她是讓我忍不住多看一眼的女生。

因為她很大隻，又高又壯。

她是老師？還是三年級的學姊？什麼？她也是一年級？當時我真的被嚇到了。小學時也有胖同學或是長得很高的同學，但從來沒有見過像她那種等級，她真的是橫綱。如果她姓橫網，應該會印象更加深刻。

沒錯，她也很高，是全年級女生中最高的。我的個子也很高，我記得當時是全班第三高，但她應該比我高十公分左右。這可能有點太誇張了，但感覺有差這麼多。

是喔，原來她媽很矮。她爸爸？我不知道。通常都不會知道吧，除非住得很近，或是是會去彼此家裡玩的好朋友。否則即使同學的爸爸來參加教學參觀日或運動會，也不知道誰是誰的爸爸，也不會有興趣。當然，如果很帥的話就另當別論。

其實同學的媽媽也差不多是這樣，但大家都認識她媽媽。因為她媽媽很胖，而且她們母女看起來感情很好，她每次看到媽媽，都會向媽媽揮手。

她媽媽的確很矮。她媽媽真的姓橫網嗎？不過既然學姊也聽說了老家有人自殺的消息，也聽說了這件事，所以我猜想應該沒錯。

除非是留下遺書暗示曾經遭到霸凌，或是有他殺的可能，否則在那種鄉下地方有人自殺，網路新聞根本不會報。

我在中學畢業後就來了東京，但至今仍然常收到老家那裡的消息，從來沒有聽過其他自殺消息。

不過，我也覺得那起自殺有問題。啊，我並不知道妳的想法，竟然說「也覺得」。妳也覺得事有蹊蹺？那就太好了，否則妳這麼忙，不可能和我一起閒聊。

既然我們改變了話題，我可以認為這代表妳願意幫我動手術嗎？那我就可以放心和妳聊了。

我是從老家同學的群組電子郵件中看到她自殺的事。

以前的同學自動為我成立了粉絲俱樂部，那個群組會分享我上節目的消息，但竟然也會寄給我本人。那個群組除了會寄發同學會的消息，還會寄聚餐的通知，所以我很希望他們可以為那個群組改名字。

亞美亞美俱樂部。妳不覺得這個名字超土嗎？如果我主動要求他們改名字，他們可能會覺得我自以為了不起，惱羞成怒，然後開始在背地裡傳一些我的負面消息，那就真的傷腦筋了，所以我也就不管他們。

學姊，妳會不會遇到這種事？真正的好朋友通常都會默默支持，但會不會遇到一些根本不熟的同學裝出一副好朋友的樣子寄電子郵件給妳，或是提出一些很厚臉皮的要求？要妳為她們整形時打折？

看妳的笑容，顯然遇到過。

上次有人向我索取沙良的簽名板，而且還一口氣要十張，我差一點崩潰。後來我找了一個適當的理由，說經紀公司禁止要求同劇組的演員做這種事婉拒了。

有超過十個人自稱是妳的前男友？我能理解。

我只知道有三個人自稱是我的前男友，雖然其中一個還真的交往了一個星期，或許不能把他列入計算。學姊，妳太厲害了。不過，妳高中也是在那裡讀的吧？我猜想應該有更多人，只是妳不知道而已。

雖然我不方便透露名字，但我同學的爸爸曾經甩過妳。妳要我說？但是……但他也是我粉絲俱樂部的成員，妳可以向我保證，即使妳要去罵他，也不可以說是我透露的嗎？

好，那我就告訴妳，他姓堀口。

學姊，不會吧？我發現妳有點慌亂，我看到了，妳剛才快速眨了三次眼睛。學姊，妳的睫毛也很長，妳有接睫毛嗎？原來是妳自己的睫毛，簡直就像孔雀在甩羽毛。啊？孔雀的羽毛不會長這樣？那就是不死鳥，就是甩動像惡魔一樣黑色翅膀的那種鳥。

那是虛構的鳥嗎？算了，那不重要，我只是說感覺、感覺嘛。

不過，真羨慕啊。我的睫毛雖然不短，但說長也不夠長，如果再接睫毛，就會變得很不自然，所以也就沒去管。這會不會也和剖腹產有關？

不可能嗎？我們剛才說到哪裡？對了，是堀口的爸爸。所以你們並沒有交往過？嗯，我相信妳。堀口雖然長得不錯，但個子超矮，沒錯，是全年級最矮。他爸爸也差不多？我就知道，果然是遺傳。

對了，我想起一件有趣的事。

學姊，妳以前運動會的時候，有沒有兩人三腳接力賽？就是男女一組繞跑道一圈的那個。原來那時候也有啊。

堀口也參加了兩人三腳接力賽，他的搭檔竟然就是那個女生。通常不都是讓身高差不多的同學搭檔嗎？這樣步伐比較一致，如果有自己喜歡的同學，也可以個別換人，但我們班不知道是不是用抽籤決定，所以竟然出現了這種奇蹟搭檔。

而且因為堀口跑得很快，他們是最後一棒。是喔，這一點也像他爸爸喔。

總共有六個參賽隊伍，他們接過接力棒時是第二名。他們拚命跑了起來，但可能兩個人的身高實在差太多了，結果就跌倒了。她巨大的身體就壓在堀口身上。雖然很可憐，但全場的人都大笑起來。

廣播的同學在實況報導時說「請加油」，但可能實在忍不住笑，結果變成了

「請呵加呵呵油呵呵呵」。

雖然女生很快就站了起來，但堀口摸著膝蓋，看起來很痛的樣子。場上的笑聲都安靜下來，開始為他擔心。其他隊紛紛超越了他們，他們變成了最後一名。這時，她單手抱著堀口的腋下站了起來。

他們的腳仍然綁在一起，然後她就抱著堀口跑了起來，轉眼之間就追回原先的第二名，場外響起了為他們加油的聲音。

最後他們以些微之差得到第二名，如果再多跑三公尺，搞不好就可以追上第一名。但是，主角是那個女生，真是太帥了。如果我是堀口，她是男生的話，我應該會愛上她。因為她單手抱著堀口跑了半圈，而且又奮起直追，不斷超越前面的人，和第一名只差那麼一點點，簡直太緊張刺激了。

妳問我胖子也OK嗎？學姊，妳真的問得很直接。

妳該不會在上節目時裝乖，其實本人很毒舌？如果這才是真正的妳，我勸妳馬上轉型，這樣絕對更受歡迎。別擔心，美女的毒舌很少會受到鄉民大肆攻擊。好棒喔，我突然對妳產生了親近感。

其實我剛才一直超緊張的，沒騙妳，真的沒騙妳。

說實話，我討厭胖子，但不是那種肉垮垮的。像橄欖球選手那種類型的搞不好沒問題，不，不但不討厭，反而很喜歡。因為無論遇到任何攻擊，都會像銅牆鐵壁一樣保護我。

她的身高和體重？我不知道正確的數字，身高應該一百六十五公分，體重大約八十公斤左右吧。

曾經有一個夢想成為巴黎時裝週走秀模特兒的同學說，很希望有她的身高，但體重就……我記得那個同學好像是親口問到的。

因為她不是那種會隱瞞的人，而是那種即使別人嘲笑她胖，她也會跟著一起笑的開朗的人。如果換成是我，一定無法承受。在一開始的自我介紹時，她也說自己很胖。我記得好像是這樣。

——照理說我應該有翅膀，但因為太胖了，所以飛不起來。說白了，就是一頭豬。誰敢叫我豬，我要用吉良良光束把他變成我的豬隊友，大家請小心。我最喜歡媽媽做的點心。

她的自我介紹最精采，我根本不記得自己當初說了什麼，只記得她說的內容。以前我一直覺得胖子都很陰沉，所以當時很感動，覺得原來也有這種類型的胖子，覺得她超有勇氣。

但是，她之所以很引人注目，不光是因為她個性開朗，她在運動方面也很厲害。

在學校的時候，有趣的同學和運動能力強的同學通常都很引人注目。

而且，她很胖，運動能力卻很強的這種落差也很迷人。

通常第一學期的第一堂體育課不是都會測體力和運動能力嗎？別看我這樣，我的運動能力超差，所以最討厭上那節課。

以前讀同一所小學的同學都知道我跑得慢，所以沒問題，但有一大半並不是同一所小學的同學。

更何況大家都很喜歡我，所以就更注意我，搞不好會失望地覺得「啊？她的腿那麼長，竟然跑那麼慢？」

尤其跑五十公尺時，通常都是兩人一組測量，所以我總是帶著祈禱的心情，希望可以和跑得慢的同學一組。

按照學號，我和她同組。我當時覺得很幸運，因為我猜想她可能和我的速度差不多，搞不好還比我更慢。因為我之前從來沒有看過跑得快的胖子。

但是，在聽到「預備、跑」的口令的同時，我立刻看到了她寬闊的背影，轉眼之間她就越跑越遠。好快，簡直超快。

全班女生中，只有她一個人跑七秒多。因為她的關係，所以大家才沒有注意到我跑得慢這件事，所以我還是覺得自己很幸運。

不光是跑步，她在其他運動項目中，也幾乎都是全班女生中的第一名。手球丟得最遠可能並不意外，但跳高呢？即使知道她在運動方面很厲害，但看到她這麼胖，卻可以跳那麼高還是很出乎意料，嚇了一大跳。因為即使她可以跳過去，感覺腳也會扭傷啊。

結果她竟然穩穩地落地，也沒有聽到咚的巨大聲響。

這哪是飛不起來的豬？她背上是不是真的長了一對翅膀？我忍不住有點嫉妒她。

咦？我剛才是不是說嫉妒？所以我只是忘了而已。原來我以前在那種鄉下地方時，內心已經有了嫉妒這種感情，並不是來東京之後才觸動的。

因為我們走不同的路線，所以即使有短暫的嫉妒，我也不會想要和她競爭。

但我們並不是會在一起玩的好朋友，所以我也不太瞭解她的詳細情況。

我目前和妳說的，也都是在半徑三公尺的範圍以外所看到的她。我們從來沒有聊過天，也沒有兩個人單獨做過什麼……有，曾經有過。我為什麼會忘記呢？那次明明很開心，是因為我們之後在不同班的關係嗎？

二年級的時候，我和她都被選為文化祭的執行委員。我不知道妳那時候是不是一樣，我們二年級的女生要設攤賣點心。是喔，原來一樣啊。

辦這種活動時，至今仍然是男生和女生分別負責不同的工作，但我相信一定有男生很喜歡做點心。我忘了男生那時候負責什麼？啊，想起來了，是鬼屋。因為沒有女生，所以聽說每年都變成殭屍屋。

在開委員會的時候，我們從學生會那裡拿到了前一年的食譜。她說她去年吃了，覺得一點都不好吃。這一點很符合她的個性。因為我前一年沒吃，而且向來不會對文化祭賣的點心抱有什麼期待，所以聽到她說不想用去年的食譜，就覺得有點麻煩。

她無視我的反應，說這件事可以交給她，然後我們當天就回家了。我以為她會影印家裡的點心食譜帶來學校。

沒想到週末過後的星期一，她當然帶了食譜，但還拎了一個可愛的紙袋來學校。

雖然是鄉下地方的公立學校，但那所學校的校規不是很囉嗦嗎？禁止帶零食到學校。每天必須帶便當去學校，卻不可以帶甜麵包，這絕對很奇怪啊，而且不是警告而已，真的會沒收。

所以我們兩個人聲稱是為了文化祭的活動，偷偷在舞蹈社的活動室打開了紙袋。

不是我參加舞蹈社，是她。

妳不知道我不會跳舞嗎？學姊，妳真的沒看那齣電視劇，連一集都沒看呢。那齣電視劇的最後是所有人一起跳舞。最近的電視劇都會穿插舞蹈，即使是嚴肅的主題也一樣。

而且那些舞蹈都很難。如果希望觀眾把舞蹈的影片傳到網路上，應該編排誰都可以輕鬆跳的動作，但我總覺得好像是故意把舞蹈編得很難。

如果跳得好的話，的確很瀟灑啦。

說回她帶來學校的紙袋這件事。裡面裝的是甜甜圈，上面並沒有巧克力或是杏仁，就只是撒了砂糖的甜甜圈。

如果是妳，看到之後會有什麼感想？我也一樣，覺得超失望。

我想她應該猜到了我的反應，把一個甜甜圈塞到我手上說，就當作是受騙上當吃吃看。她一直握住我的手，即使我想還給她也不行。因為她的握力很強，我無可奈何，只好把甜甜圈拿到臉前咬了一口。

甜甜圈又脆又鬆軟。明明已經冷掉了，外側卻很脆，裡面則很鬆軟……妳不要笑我，因為除此以外，我不知道要怎麼形容。妳吃了，也一定會這麼說。

學姊，妳吃過手工做的甜甜圈嗎？啊，我收回剛才那句話。我忘了一大票媽媽都會在妳家做甜點這件事。

妳從來沒有吃過她們做的甜點嗎？也對，否則妳會很胖。

我也儘可能不吃甜點，所以無法和其他的作比較，但她帶來的甜甜圈真的很好吃，裡面是黃色，那是雞蛋和奶油的顏色。沒有用普通的白砂糖，而是用蜂蜜和三盆糖，所以有淡淡的甜味……反正是很溫潤的味道。沒錯，這樣的形容很貼切。

那個甜甜圈比她的拳頭更大，但我轉眼之間就吃完了。真的很好吃，我問她是哪本書上的食譜，她竟然拿出了手寫的食譜。

——那是我媽自創的食譜。

她很得意地說。

——好厲害，簡直就是天才。

對，我只想到這句話。現在回想起來，說大人天才好像有點問題，但她也說了相同的話，所以應該沒問題。

——沒錯，我媽是做甜點的天才。

橫網女士是這種類型的人嗎？

啊什麼啊？妳不是對橫網女士的女兒有興趣嗎？我就是在問這個橫網女士啊。妳腦袋中浮現的是那個人嗎？

所以她和橫網女士屬於不同的類型嗎？原來橫網女士很文靜，就是我們平時想像的那種胖子。如果我沒有遇到我那個同學，應該也會以為所有胖子都那樣。說得難聽點，就是個性很陰沉。

雖然她們是母女……嗯，在教學參觀日時，只有她很興奮，她媽媽總是站在角落，有點害羞地向她揮手。反正她媽就只是普通的胖子。

學姊，我是不是學到了妳的毒舌？

但橫網女士看起來很會做菜，對不對？妳可以想像一下橫網甜甜圈。

因為食譜上使用的是奶油、蜂蜜和三盆糖，而不是乳瑪琳，我原本擔心學生會不同意，沒想到她媽媽為我們查到了便宜進貨的管道，所以學生會就同意了。

她媽媽以前好像在醫院當營養管理師，雖然已經辭職了，但在辭職之後，仍然和當初進貨的業者保持良好的關係，於是就可以請對方幫忙。

然後我們就收到了連小熊維尼都會大吃一驚的十大瓶蜂蜜。

因為必須由我在放學後和家政課上教不同班級的人做大量甜甜圈，所以我就和她兩個人先練習。

揉麵糰真的超累。她盆子裡的麵粉漸漸變成了黃色的麵糰，但我的盆子裡始終都還是麵粉。結果妳猜她對我說什麼？

——妳是不是很羨慕我胖？

我忘了當時有沒有點頭，但覺得自已輸了，所以一下子火了起來，卯足全力開始揉麵糰，終於揉出了很光滑的黃色麵糰。

——很不錯，甲上！

她這麼稱讚我。她以為自己是老師嗎？

之後，用擀麵棍把麵糰擀平，再用甜甜圈的模型壓出甜甜圈的形狀。那很好玩，如果只是圓形可能很快就膩了，但空心圓就讓人心情越來越好，我也搞不懂其中的原因。

正中央洞的部分？妳果然會在意。我以為她會把挖出來的麵糰芯拿來做QQ球之類的，所以原本打算問她。沒想到我還沒開口問，她就把正中央芯的部分和外側多出來的麵糰揉在一起，然後又用擀麵棍擀平，再用模型壓甜甜圈，接著又把中間的部分蒐集在一起揉麵糰，一直重複這樣的過程，拿來做普通的甜甜圈。

到了最後的最後，只剩下兩個即使揉在一起，也無法做成一個甜甜圈的小圓麵糰。她把這兩個小圓麵糰放進油鍋裡，兩個扁平的小圓麵糰慢慢沉入清澈的油鍋，然後冒著氣泡膨脹，最後變成兩顆圓球浮了起來。

——很美、很美的狐狸黃色，如果你沒看過，那就是小黃貓色，喵、喵、喵。

學姊，妳不要露出這麼奇怪的表情，那並不是我編的，而是她當時唱的。雖然我也很快跟著她一起唱了起來。不，她說她家沒有養貓。

她把炸成小黃貓色的甜甜圈芯圓球放在托盤上，一隻手遞到我面前，說我們來吃掉。她先用另一隻手拿起其中一個，叫著「好燙、好燙」放進嘴裡，我也跟著把另一個剛炸好的甜甜圈芯放進嘴裡。

好燙，好脆，好鬆。滋嗶，空空的，好鬆軟。

滋嗶的是奶油。甜甜圈上沒有撒砂糖，但吃起來甜甜的。

——甜甜圈好吃的成分都集中在芯上，每次壓完之後再揉，壓完後再揉，最後剩下的甜甜圈芯集中了好吃的成分，是給做甜甜圈的人的獎賞。

那真的是獎賞。雖然很快就吃完了。

然後，我們就忙著炸甜甜圈，但這項作業一點都不痛苦。可能是因為先領了獎賞的關係。

小黃貓色，喵、喵、喵。我們可能唱了幾十次。

我當時看了她的側臉，發現她的鼻子很挺，覺得她很好看……

咦？妳又露出奇怪的表情。妳發現妳聽到和妳想像的情況不同時，就會露出這種表情。我猜想即使妳已經知道她們母女性格不同，但妳想像中的她，應該就是橫網女士讀中學時的樣子吧？

如果是這樣，我能夠理解妳為什麼露出這樣的表情。雖然她們都很胖，而且又是母女，但仔細回想起來，她們長得完全不一樣。媽媽的五官很扁平，有點像是平安時代貴族那種長相，她是圓臉，五官很端正立體。

她有點像是希臘的雕刻，眼睛很大。我曾經想像，如果她瘦下來，搞不好超正。嫉妒？當時應該沒有。因為那要是她瘦下來之後才會有的事。當時有其他同學在減肥，我只要胖了一公斤就很慌，馬上斷食一天，但她應該沒在減……我也不知道為什麼這麼認定。

因為她看起來完全不像會在意自己很胖這件事。她是因為吃了她媽做的好吃甜點才會變胖，看起來很幸福，所以她問我是不是很羨慕她胖的時候，我才會有點火大。她以為她是誰啊，竟然問我是不是羨慕她？

雖然兩者並沒有因果關係，但得知她自殺的消息時，我並沒有哭。

雖然我們曾經一起做甜甜圈，但之後並沒有變成好朋友，而且三年級時也不同班，也參加了不同委員會，所以文化祭那一次是最後一次和她說話。但我覺得那段時間很充實。

文化祭時，三個甜甜圈賣五百圓，可能對中學生來說，這樣的價格有點貴，所以一開始銷路並不好。有些家長也說，今年怎麼不是賣餅乾？可能大家都對甜甜圈有不好的印象，認為很油膩。

但是有學生買了之後在午餐時間吃，大聲嚷嚷著「也太好吃了」。沒錯沒錯，雖然一早就開始賣，但只有午餐時間才能吃，所以幾個小時之後才口耳相傳。下午攤位前大排長龍，十分鐘就賣完了。

我和她擊掌時，整個人差點跌倒。

第二天，有家長說，原本只是捧場買了甜甜圈，結果太好吃了，所以特地再來買，結果在中午之前就全賣完了。有人說想要食譜，我們不知道該怎麼辦，還好她媽媽剛好來參加文化祭，說分享食譜沒問題。

所以我就在原本的食譜上加了「閃亮亮甜甜圈」後去影印。

取這種名字太土了？我覺得充滿了對吉良母女的尊敬啊。

我沒有告訴妳嗎？她的名字叫吉良有羽，有翅膀的吉良良光束。

喂，學姊，妳怎麼了？妳有在聽嗎？

那個食譜一屆一屆傳承下去，好像變成了我們學校的名產，但聽說今年的文化祭沒有做甜甜圈。

因為大家都知道吉良有羽死的時候被大量甜甜圈包圍。雖然住在鄉下地方的胖女生自殺這種事不要說全國新聞，就連地方新聞也不會刊登，但消息還是不脛而走。

屍體周圍有超過一百個甜甜圈，雖然聽起來很不真實，但聽說甜甜圈的數量剛好是她體重達到巔峰時的數字。

有人說，這是她媽媽的詛咒。雖然她是服用大量安眠藥死亡，但那些甜甜圈是她的死前訊息，要告發她媽媽。因為她沒有留下遺書，所以就把甜甜圈當成她的遺書。

這太奇怪了吧，不可能有這種事。

我認為她可能有什麼煩惱，但應該和她媽媽無關。她覺得只要做甜甜圈，就可以讓自己振作起來，所以就努力做了甜甜圈，揉了很多麵糰。雖然很累，卻睡不著，就吃了太多安眠藥。

結果來不及吃辛苦做好的甜甜圈。

但是，我並不覺得、只有我並不覺得很可惜，或是她很可憐，因為我相信她已經吃了甜甜圈的芯。

大家都不知道，甜甜圈最好吃的就是中間的芯，只有做過甜甜圈的人才知道這件事。

我相信沒有人知道她的真心。並不是她的真心存在，別人卻看不到，而是因為已經分離了。

啊，真想再吃當時的甜甜圈……

好奇怪，為什麼我在流眼淚？完了，連鼻涕也流出來了。

學姊，給我一張面紙。啊？不可以靠近那張桌子？為什麼、為什麼……啊啊，資料雪崩了。原來會掉下來，對不起。

不用撿沒關係？那怎麼行？是我弄倒的，當然要撿起來。

這張照片不是沙良嗎？好像是她進入演藝圈之前……咦？咦？她的鼻子？不是因為剖腹產嗎？這個女生超正……

原來這些是因為某些大人世界的原因，所以要銷毀的資料。我當然不會告訴別人，不會告訴任何人。

雖然我不會說……但學姊，從某種意義上來說，這些資料不就像是蒐集了很多甜甜圈的芯嗎？雖然看起來不太好吃，但希望也可以把我打造成一上市就搶購一空，人見人愛的甜甜圈。

妳說我很會說話？

第三章——相似的父子

喔，來了，來了，「堀口客製咕咾肉」來了。這家餐廳的老闆是我棒球隊的學弟，他比我小四歲，妳可能不認識。

是嗎？原來久乃妳真的不認識。他以前就很會打扮，在這種鄉下地方大剌剌地穿著不知道去哪裡買回來、如果穿在我身上、絕對會覺得很不好意思的衣服。他高中一畢業就去了東京，我以為他會去讀服飾的專科學校，但他畢竟是這一帶生意最好的中餐館的小開，所以去讀了廚師專科學校，畢業後又去知名餐廳學藝。

那是以前紅過一陣子的《料理之神》節目中法國料理之神開的店，妳搞不好有去過？

沒錯，我記得就是叫什麼歐布利傑的餐廳，妳不愧是貴婦。沒錯，他竟然去法國餐廳學廚藝。

所以當我得知他爸爸生病，餐廳暫時不營業時，我完全沒料到他會回來，還為了這輩子再也吃不到好吃的餃子感到失望，第一次覺得早知道應該搬去大城市。

不，那真的是我第一次這麼想。你們這些去了大城市的人可能以為住在這裡的所有人都想離開這裡，但我以前從來沒這麼想過。我可沒在逞強。

我並不是沒看過大城市。雖然從來沒去過東京，但我家親戚住在名古屋，每年暑假都會去玩。我以前不是還買了布丁送妳嗎？雖然拿給妳的時候已經糊成一團了。

我也是在名古屋讀專科學校。妳知道？不知道啊，妳對我讀哪個學校根本沒興趣嗎？反正也無所謂啦。

所以那時候曾經離開這裡，但在入學一個月後，我就覺得那裡不適合我。當認識的人越來越多，我就開始期待可以遇到和自己合得來的人，但也沒遇到。

我覺得那裡的人有一種膚淺的感覺，於是我體會到，只有吸相同空氣長大的人才能夠一起喝酒，推心置腹地聊到天亮。

趕快吃吧，咕咾肉都冷了。

有沒有點錯菜？沒有，我沒有點錯菜。淋醬等一下會送上來，先把炸得香脆的肉沾那個小碟子裡的鹽來吃，最後再淋上熱騰騰的淋醬……妳不知道這道菜的吃法嗎？

我第一次吃的時候也很驚訝，以為是柳的獨創菜色，還很佩服他可以想出這麼標新立異的點子。結果他滿不在乎地說，肉和淋醬裝在不同盤子中出菜的方式並不稀奇，難道不是大城市流行這種吃法嗎？

妳曾經在國外的餐廳吃過這種形式的咕咾肉？柳這傢伙也太厲害了，原來不是模仿東京，而是搶在東京之前結合了國外的流行嗎？不愧是改成「中式創意料理」這種怪裡怪氣名字的餐廳。

他一回來這裡，就立刻重新裝潢這家店。看到原本油膩膩的食堂變成了像箱子一樣雪白的房子時，還覺得很難過，以為會變成我和本地人無緣經常光顧的餐廳了。開幕派對時受邀來了這家店，看到有很多熟悉的菜色，而且還有最新穎的料理，簡直太感動了。

我覺得「衣錦還鄉」這個成語就是形容柳這種人，不過像妳這種在東京發展得很好的人也很了不起。但既然妳在國外吃過，為什麼還問我有沒有點錯菜？妳該不會是故意配合我這種鄉下地方的程度？

妳不會做這種沒禮貌的事？好啦，我不該說那種話，因為妳向來是有話直說的人嘛，雖然有點傻大姊。原來是這樣，這方面還是老樣子。

這是不是炸雞？久乃，妳太厲害了，還沒吃就知道不是豬肉，而是雞肉嗎？不愧是醫生，沒辦法糊弄妳啊。

什麼？誰都知道？嗯，妳也是主婦，可能只有我們棒球隊的那些傢伙不知道這種事。

我老婆？那個、因為孩子剛離家不久，我們夫妻很少單獨在外面吃飯。基本上這家店有點貴，雖然只收我熟客價，但正因為這樣，所以我更不好意思經常來，否則就太厚臉皮了。

妳問我的孩子？我有一個兒子，目前正在東京讀大學。因為他運動成績優良，所以獲得推薦入學，還可以領獎學金，但還是很花錢，租屋的錢可以在這裡租獨棟的房子了。而且上次我媽滿三年忌日時，我叫他回來，他竟然向我申請交通費，被他嚇到了，真是後悔莫及。

所以我根本不可能在外面吃飯。

而且外食挑選食材、控制熱量也很困難。

即使知道這是雞肉，也很難分辨是雞哪一部位的肉，不是嗎？雞胸肉？妳答對了，外面裹了粉，妳竟然還知道，真是太厲害了。

妳看了我的身材，覺得應該是這樣？原來我穿著長袖，妳也知道我在練肌肉嗎？醫生果然了不起。

喔喔，淋醬來了。我們快來吃吧。這是「堀口客製咕咾肉」，簡單地說，就是雞胸肉咕咾肉。

所以該叫咕咾雞肉？如果用這個名稱點餐，會送來另外一道，加了特製醬油醬汁，很清爽的一道菜。中餐的學問可深奧呢！

妳不必客氣，就把淋醬大膽地淋上去。我只要一點點就夠了，如果可以，小黃瓜和鳳梨都給妳。我在這方面很新潮，雖然喜歡小黃瓜，但覺得沒必要炒熟之後再加番茄醬。

等一下，我記得妳也不吃咕咾肉裡的鳳梨。我們向來都不喜歡在菜餚裡加水果，像是在洋芋沙拉裡加蘋果或是罐裝的橘子。啊，我說「我們」沒什麼特別的意思。

喔，妳覺得好吃？雖然我剛才不小心說是番茄醬，但其實味道不太一樣吧？不愧是在料理之神的手下學過廚藝的人。我還想只沾鹽來吃。聽說這是巴基斯坦的岩鹽。雖然巴基斯坦還是開發中國家，但竟然有核武，真是一個讓人搞不懂的國家，但這種岩鹽真的很好吃。

早知道應該點炸雞？這樣就無法均衡攝取身體所需要的營養了吧。

橫網曾經告訴我，增肌期需要的並不只是被稱為PFC結構的蛋白質、脂肪和碳水化合物，維他命也很重要。最好維持蛋白質、碳水化合物和維他命的比例為二比一比一。

所以需要糖醋淋醬和蔬菜。

我請柳把我最喜愛的咕咾肉改成增肌期版，搞不好他是特別為我加了小黃瓜，其他客人的咕咾肉裡可能沒有。久乃，妳覺得呢？妳在其他地方吃的咕咾肉裡有小黃瓜嗎？

經常吃到？原來是這樣啊。對了，妳怎麼有點意興闌珊？我知道了，是增肌期。妳以前聽到自己不懂的名詞，就會讓談話停頓在那裡。

簡單地說，增肌期就是增加肌肉。肌力訓練時，肌肉纖維會受傷，身體會努力修復。這時攝取優質蛋白質，有助於增加肌肉，然後只要一直重複這個過程。

妳是不是覺得如果需要攝取碳水化合物，吃等一下送上來的炒飯就好？啊，我沒告訴妳嗎？我今天點了主廚特餐，咕咾肉是另外加點的，等一下還有海蜇皮、蛋白炒海鮮，最後可以在炒飯和天津飯中選一樣。

不用擔心，每道菜的量都像是供在佛壇上的供菜一樣，但會裝在很大的盤子裡。重度肌力訓練後，體內的肝糖減少，所以必須立刻補充糖分。我通常都會在打完棒球或做完肌肉訓練後來這裡，咕咾肉算是開場，接下來真正的晚餐才要開始。

對了，妳第二杯飲料要喝什麼？我按平時的習慣，沒有問妳就直接點了高球雞尾酒，妳不需要配合我。我只是在開始肌力訓練之後戒了啤酒，妳點啤酒或是紹興酒都沒有問題。我們棒球隊有一個人精通紅酒，他說這裡也有日本很難買到的葡萄酒。

久乃，妳會喝酒嗎？對喔，妳現在就在喝高球雞尾酒，代表沒問題。雖然我們剛才很輕鬆地乾了杯，但我們幾年沒見了？是不是高中畢業之後就沒見過？更不要說單獨吃飯……

對了，說到高球雞尾酒，妳現在可以喝碳酸飲料了嗎？咦？我忘了妳那次去我家是什麼時候？我記得妳家的錄影機壞了，所以就在星期六下午去我家看電影。哇，星期六下午，如果現在的小孩子聽到一定會笑不知道是哪個年代，竟然還不是完全週休二日制。

我感覺好像一下子老了，話說回來，正因為星期六要上半天課，所以很期待放學時可以自己買午餐。當時聽妳說，妳從來沒有吃過用泡的炒麵實在太驚訝了。我那時相信泡麵炒麵是全世界最好吃的東西，而且妳到我家後，我倒了可樂給妳，妳竟然說，妳是第一次喝碳酸飲料，我突然為把妳帶到普通老百姓家裡感到很丟臉。

妳雖然很漂亮，但性格很乾脆，簡直就像大腦直接連著嘴巴。我以前不是很矮嗎？但仔細回想之後，發現只有妳曾經當面說我矮。

是不是和志保搞錯了？不，就是妳說的。妳一臉若無其事的表情，對著我說「你很矮」，妳只是說了妳看到的事實，但志保在一旁大笑，我很生氣，所以才會對她發脾氣。

嗯，絕對沒錯，因為我記性很好。對像妳或是志保這些離鄉背井的人來說，在這裡發生的事都是遙遠過去的回憶，但我一直生活在這裡，對我來說，記憶一直都是連貫的。

所以我對小時候的事，和有關這裡的一切的記憶比妳更正確。那我問妳，當年在我家吃泡麵炒麵看的那個節目是什麼？

沒錯，就是《魔鬼終結者》，原來妳還記得。不過，妳本來就很聰明。正確地說，是歐美電影黃金劇場，播放的是不知道已經重播了多少次，而且中間一直被廣告打斷的配音版《魔鬼終結者》。我不需要補充得這麼詳細嗎？

我上小學之後，至少已經看過三次，但如果上一個節目結束之後沒有轉台，看到又要重播時，即使覺得「又要重播嗎？」卻還是會不知不覺看了起來，結果就一直看到最後才去洗澡。

不知道這種不自覺的喜歡是怎麼回事。

而且，隔天去學校還會問同學，你有沒有看《魔鬼終結者》？原本以為其他人一定早就看膩，會看其他節目，沒想到很多人都回答說看了，還討論得很熱烈，結果沒看的人都一臉惋惜的表情。我哥哥是電影宅男，把那部電影錄了下來，我就對沒看的同學說，可以借錄影帶給他看，沒想到妳在一旁插嘴說，妳也想看。

而且妳還說家裡的錄影機壞了，問可不可以去我家看。因為是妳，我當時才能夠鎮定自若地回答沒問題。如果是其他女生，我一定會忍不住猜是不是對我有意思，或是有什麼陰謀。聽到妳那麼說，就覺得妳真的只是想看《魔鬼終結者》而已。

那天我們全家人剛好都出門，我只覺得這樣剛好。買了午餐，帶妳回家後，妳那番千金大小姐的發言，一下子讓我意識到自己好像做了不該做的事。老實說，只有那時候，讓我根本沒有心情看《魔鬼終結者》。

不過也因為那一次，之後我們會一起去看電影……但電影院真的太遠了，在我高中畢業後，才終於開了錄影帶出租店。我在過年的時候從名古屋回到家裡，我爸爸一臉賊笑對我說，晚上要帶我去一個好地方，我還以為要帶我去色情場所，沒想到連我媽也一起坐上了車。我很納悶到底是怎麼回事，最後竟然來到海岸大道上新開的錄影帶出租店。

妳知道嗎？那家錄影帶出租店旁邊是書店，停車場很大。

沒錯沒錯，都可以在那裡跳盆舞了。

那裡的燈也特別亮，我忍不住興奮起來，覺得太厲害了。隔年我爸爸帶我去Lawson便利商店時，差不多也是這種感覺，反正就是偏僻鄉下地方的共同回憶。

那家錄影帶出租店和書店都在去年結束營業，但我並沒有生活在衰退的感覺。因為現在有網路，也不需要把電視節目錄下來了。對了，久乃，妳認識一個叫如月亞美的女生嗎？不知道該算是偶像還是女明星，她是我兒子的同學。

喔，原來妳也認識她。妳和亞美都算是這裡的名人。妳們兩個名人，其中一個是我這個爸爸的同學，另一個是我兒子的同學，妳不覺得很厲害嗎？

橫網？對喔，她家也……一樣。

——最後一道？

久乃，妳要炒飯還是天津飯？我要補充蛋白質，所以要選天津飯。啊？還有麵嗎？有海鮮紅湯麵和牛肉黑醬汁炸醬麵？兩個聽起來都很好吃。

但我還是要天津飯，因為麵粉不好。聽說國外的頂尖運動選手也都靠無麩質飲食維持體能，如果要攝取碳水化合物，米飯當然還是首選。雖然最好是糙米，但柳那傢伙不願意為我提供隱藏版炒飯。這裡的白米好像是特地向很難訂購的農民批發的，好吃得連我都知道和我家的米味道完全不同。

妳決定吃湯麵？妳有在聽我說米的事嗎？妳這種貫徹初衷的態度還是老樣子，似乎值得高興。

當然高興啊。因為隨著年紀增長，每個人都會改變，即使一直在同一個地方生活也一樣，更何況是去大城市發展的人，有時候會覺得完全變了一個人。

雖然我並不同意父母那個年代的人所說的，去大城市的人會變成無情的人或是很會算計的人，但我認為會變得八面玲瓏。因為生活周遭都是完全不瞭解自己的人，只要控制得宜，就可以成為理想中的自己。

然後就把以前的事拋開。

久乃，妳目前身高多少？一百七十公分？那剛好和我一樣。

妳看，妳很驚訝吧。明明我們約在門口見面，一起走來這張餐桌，但在妳的心目中，我的身高仍然停留在高中的時候，我比那時候長高了十三公分。

在大部分同學的心目中，堀口弦多還是當年的矮子。

同樣地，在妳心目中，橫網八重子應該也還是個胖子。

不過，那是因為妳沒見過橫網瘦下來的樣子。我雖然看過瘦下來的橫網，但偶爾會先想起她以前胖的樣子。

我猜想大部分認識橫網的人都會想起她以前的樣子，所以那些負面傳聞才會讓人信以為真，以驚人的速度散播。

久乃，妳對橫網的印象是什麼？除了胖以外，妳列舉三個她的特徵。

個性陰沉、被害意識強烈、乖僻。嗯，我以前對她的印象也一樣。

也不光是印象而已，那時候發生過很多事。

她不管是上課的時候，或是吃營養午餐時，都會突然用力拍桌子，然後推倒桌子站起來，哭著大聲說，你們剛才是不是在笑我？因為她的關係，班上的同學都不敢小聲說話，也不敢講突然想到的冷笑話。午休時間也不敢討論前一天看的搞笑節目。

如果把她歸類為被害妄想症，就沒什麼好說的，但追根究柢，她並不是有被害妄想，而是曾經有一段時間，全班的人都用各種隱喻的方式嘲笑她的體重。她的體重好像是六十四公斤？那時候大家拚命找發音有和四、六相似的詞彙。

雖然我向來對這種事很起勁，但無法同意嘲笑別人的身體。因為不知道什麼時候會將矛頭指向我個子矮這件事上，而且那時候也充分體會到即使別人沒有在討論自己的事，也覺得別人在說自己的心情。

即使聽到別人針對和我完全無關的事說到「矮」這個字，我就覺得別人在說我的壞話，也曾經因為這樣就罵女生閉嘴、吵死了。

但幸好我跑得很快，而且個性也很有趣，讓我感覺自己不至於一無是處。在文化祭全班要上台跳舞時，橫綱也堅持說自己絕對不跳，也不參加練習；在音樂課唱歌考試時，她也不願在大家面前唱。

當問她原因時……妳記得她是怎麼回答嗎？

沒錯，她生氣地說，反正大家都會笑她！接連發生這種狀況，原本對她的同情心也完全消失了，反而會覺得很火大。

妳這麼胖是自己造成的，為什麼要把氣出在我們身上！我個子矮是因為遺傳，所以也無可奈何，但我每天都喝一公升牛奶，也吃很多小魚。當我得知奶奶家的倉庫裡有一個以前買的懸吊健身器材後，就央求奶奶送我，然後每天都練習。

相較之下，瘦身根本是小事一樁，所以說到我對橫綱這個人的印象，比起胖這件事，我更覺得她很陰險。事實上我和她讀同一所小學和中學，從來沒有看過她的笑容。

所以在成人式時大吃一驚。

因為在市政廳舉行成人式時是按照各個社區排座位，照理說周圍應該都是認識的人，但有一個陌生女生坐在那裡。我小聲問坐在我旁邊的人，那個人也說不認識。

我原本想不認識就算了，沒想到那個女生主動向我打招呼。「堀口，好久不見。」她說話時面帶笑容，而且似乎發現了我認不出她，很親切地對我說：「我是橫網八重子，你還記得我嗎？」我真的目瞪口呆。

仔細一看，發現的確是橫網的臉。雖然穿了振袖和服，臉上的妝也沒有很濃，但沒有人認得出不胖的橫網就是橫網。最好的證明，就是坐在我們那一區的人都突然騷動，或者說驚呼起來。

正確地說，她並不瘦。如果是妳變成那種身材，別人一定會說妳發胖了。要怎麼說？標準身材？但橫網的標準身材不就等於暴瘦嗎？

而且她臉上竟然帶著笑容，因為笑容的關係，她的長相好像也和以前不太一樣了。雖然眼睛還是很小，並沒有變漂亮，但讓人覺得比較好親近。

之後才更令人驚訝。那天晚上，同中學的人說要一起去唱ＫＴＶ，橫網竟然也來了，而且還唱了歌，她唱得很不錯。

當珠美和其他女生一副熟絡的樣子說什麼「小橫，妳好會唱」，或是很沒禮貌地問她「妳是怎麼瘦下來的？」她也完全沒有翻臉，心平氣和地向我們說明了自己的近況。

她在神戶的短期大學讀營養管理，她說是因為學了正確攝取食物的方法，所以才順利瘦下來。

對了對了，去KTV的時候都穿便服，橫網穿了一件花卉圖案很亮眼的洋裝，穿在她身上並不會奇怪，也許該說很好看。連女生也都說她變得很會打扮，而且她還化了妝。

她說她之前都不敢去唱KTV，也認為打扮漂亮很丟臉，一直覺得會被人嘲笑，但有一個很強勢的朋友對她影響很大。那個姊姊從事時裝工作，所以教會她很多事。

我覺得小孩子升學真的很花錢，但無論要回來發展，還是留在那裡找工作，人生都需要有一段重啟的期間。和不認識以前的自己的人在一起，就可以努力扮演理想中的自己，也會為此稍微努力，更不會覺得丟臉。

以我為例，即使別人看到我喝牛奶，也沒有人問我是不是為了長高。而且高中畢業後才認識的人都不認為我矮，即使其實我並不高。

但回到老家之後，也不會再為這種事遭到調侃，因為新的印象會取代舊的記憶。最討厭的就是有些人帶著離開老家時的記憶，然後時間就停止不動了。結果已經相隔多年，還仍然憑著以前的印象打交道。尤其是那些以前志得意滿的人，往往拒絕更新舊印象……

然後若無其事地對媒體說橫網這個人陰險、被害意識很強、個性很乖僻。原本只是鄉下地方常見的自殺，但八卦傳聞四起，最後連週刊都來採訪。其實根本不需要炒作這種事。

久乃，妳約我出來的真正目的是什麼？

我知道妳要來演講，因為我老婆的朋友好像找她一起去。她們要去買門票，結果沒想到第一天就賣完了。

啊，不需要、不需要，我老婆反而鬆了一口氣。她以前是妳的鐵粉，只要妳上的節目，她都會錄影，還買了妳寫的書。知道我曾經是妳的同學，還說很羨慕我，但最近不知道聽她的哪個朋友說，我以前曾經和妳交往過，就生氣地質問我為什麼沒有告訴她，是不是看不起她。

之後她三不五時說什麼反正她很醜，不像某位女醫生那麼聰明，該怎麼說……真的是找麻煩。

即使我們曾經交往過，鄉下地方的純樸高中生能做什麼，只有接吻過一次而已，但我沒告訴她，只說我們連手都沒牽過。而且所謂的交往期間，即使從看《魔鬼終結者》那天開始算，也不到三個月。

而且是我被妳甩了。我至今仍然搞不懂為什麼被妳甩了。

妳問我喜歡妳什麼，我很老實地回答「臉」，結果妳就罵我：「矮子，你給我閉嘴！」我還來不及生氣，妳就拔腿跑走了。那天之後，就無視我的存在。不要說不和我說話，甚至不看我一眼。

結果相隔二十年，突然問我能不能見面，而且是打家裡的電話，風險簡直太高了。因為妳說要和我聊聊橫網的事，所以我也沒多想就來赴約了，但妳和橫網除了曾經是同學以外，根本沒有交集吧。

相反地，如果妳和她曾經有什麼交集，就不會來向我打聽吧？

妳現在不是也在新聞節目中當名嘴嗎？如果妳打算在節目上爆料，或是寫在書裡，那我就不能再和妳多說了。

——。

如果是這樣，那我可以告訴妳。對不起，我沒有向妳確認就說那種話。

成人式之後，我在六、七年前又遇到了橫網。橫網帶著她女兒來看夜間門診，說她女兒發高燒。

咦？我沒有告訴妳嗎？我目前在縣立醫院當護理師。

高中畢業後，我認為以後將是不會用電腦就會被淘汰的時代，所以去讀了資訊相關的專科學校。回到這裡之後，在公司上班不到一年，就先有後婚了。對方是我在讀專科學校時打工認識的女生，她也辭職搬來這裡，因為人生地不熟，帶孩子也很辛苦，但只有我一個人工作，不知道有沒有辦法養家。

即使想要換工作，但我除了懂一點電腦之外沒有其他能力，這個地方需要我嗎？周圍都是老人，如果有需要的話，應該是醫療。妳之前不是也說過這種話嗎？

我們想在暑假的時候去旅行，但又覺得兩個高中生不可能單獨去旅行，結果妳媽媽主持的義工團體要去海外視察，我以小幫手的名義一起去參加。

我記得是去柬埔寨。雖然我們只是把奶粉送去孤兒院，但看到的景象對妳和我都造成很大的震撼，所以就連這個工作都沒辦法完成。

雖然我因為讓妳看到我出糗的樣子感到很沮喪，但又轉念一想，其實妳也差不多，於是就邀妳一起去看星空。

妳就是在那時候告訴我說，妳想要當醫生。

妳那一刻真的很動人。雖然大家都很羨慕，但其實我對妳的漂亮沒什麼興趣，因為我早就看習慣了，所以不覺得有什麼稀奇。但那天晚上，妳告訴我決心時的臉真的很美，當時就覺得，啊，我好喜歡這張臉。

妳問我是不是因為這樣，所以在妳問我的時候，我才回答是「臉」嗎？對啊，但妳根本沒給我時間說明。當然，可能也是因為我變成了大叔，才能夠大膽地把這些話說出來。

雖然以一個男人來說，我從以前就算是多話的人，但我相信除了這件事以外，還有很多事都沒有說清楚。

對了，妳真的考上了醫學系，實在太厲害了。但之後為什麼又開整形外科診所？和東埔寨沒有關係嗎？

不談妳的事了，反正我也沒興趣，而且我也不認為妳仍然和以前一樣。

雖然這裡並沒有落後到會和當時的光景重疊，但我當時認為即使是一無所有的窮鄉僻壤，醫療也絕對不可或缺，於是就拜託我老婆和父母，讓我去讀護理學校。

再說回橫網，她當時剛回來這裡，喜極而泣地對我說，因為沒有熟識的醫生，所以感到很不安、很擔心，幸好遇到了熟人。於是我就告訴她，如果遇到什麼困難，可以隨時找我。我們互留了電話，但並沒有接過她的電話。

只不過很快又再見到了她。因為我們一起擔任孩子小六的家長會委員。

我覺得與其讓妳去聽那些無聊的八卦，還是向我瞭解情況比較確實，所以才告訴妳這些事……

橫網那時候已經改姓吉良，她和有羽沒有血緣關係。我想這件事妳應該早就知道了。

報導中沒有提到這件事？這就代表向記者透露消息的人和橫網並不熟。

但這也不是極機密的事，因為這是橫網自己告訴我的，而且也不是在什麼嚴肅的氣氛下說的。

久乃，妳的小孩目前幾歲？五歲的話還沒上小學嗎？妳的小孩讀的那種貴族小學應該不需要導護志工拿著旗子站在斑馬線旁。

妳問現在還有導護志工嗎？當然有啊，學校有事聯絡時，也還是用打電話的方式。當初是我向學校提議可以用電子郵件聯絡的。

曾經有一次，我和橫網一起擔任導護志工。雖然從七點開始，但很少有學生這麼早上學，所以我們就站在那裡聊天。我說其他委員都比我們年紀大，所以橫網顯然也很早結婚，搞不好是先有後婚？

沒錯沒錯，她給我的印象還是和成人式那時候一樣，感覺可以聊這些事。應該說，她比之前更開朗了。即使在成人式的時候，我也無法想像橫網竟然會哈哈大笑。

但那時候她的體重又變成有點發福的狀態了，所以我覺得她並不是因為瘦下來而變得開朗這麼簡單，應該是周圍環境的影響吧。有善待她的人，或是愛她的人……喔，是嗎？

不好意思，不好意思，我一下子跳太快了。

她說，她兩年前才結婚。她是第一次結婚，結婚對象已經有一個孩子。她老公在一流企業上班，但橫網告訴我時並沒有炫耀的感覺。她沒有說公司的名字，而且顯得過度謙虛，於是我就問她，是不是會讓鄉下地方的人產生嫉妒的大企業，所以不想讓人知道？她滿臉歉意地點了點頭。

她老公被派去國外工作五年，好像是美國，橫網的媽媽又剛好住院，所以她就搬回來這裡。

雖然她結婚已經兩年，但在沒有老公陪伴的情況下，和沒有血緣的女兒生活在一起是不是很辛苦？當我這麼問她時，她笑著回答說，有羽真的很乖。

橫網很積極參加家長會的活動，還主動擔任親子料理教室的講師，說明身體成長和營養之間的關係，然後又開心地帶大家一起做漢堡排和餅乾。有羽也適應得很好，簡直就像是從小在這裡長大的孩子。她活潑得像個男孩，還曾經把我兒子打哭了，那時候真的很傷腦筋。

因為我兒子哭著回家，我以為他因為個子小被人欺負，所以就問兒子是誰打他，打算去向對方討公道，但我兒子死也不開口。我威脅兒子，難道他打算就這樣忍氣吞聲嗎？他才終於告訴我是有羽打他，而且是自己的錯。

我兒子對有羽說，妳跟妳媽媽長得不像。我兒子並不知道她們母女沒有血緣關係，但我也不知道該不該把實情告訴他，只不過事情也不能就這樣不了了之，所以我這麼對兒子說。

不要評論別人的外表，即使是稱讚也不行。爸爸曾經稱讚一個漂亮女生的臉，結果就被甩了。

很慶幸剛好有實際例子可以派上用場。之後在家長會遇到橫網時我也當面向她道歉，說我兒子說了很沒禮貌的話，很對不起她們，她又笑著說，根本沒放在心上。她還說，有羽本來就像她爸爸，女生通常都像爸爸，反而是你們父子簡直就像一個模子刻出來的。

然後，她還送了自己做的甜甜圈代表和好。其中當然也有我的份，但我老婆吃了兩個，所以我沒吃到，聽說很好吃。

啊啊，算了……不說甜甜圈。

雖然只有那一年期間，我有機會和橫網好好聊天，但上了中學之後，在運動會上見到時，她也會揮手向我打招呼，我們也會聊同學中誰誰誰結了婚之類的事。對了對了，她也告訴我肌力訓練應該配合的飲食方法。

她當時真的是一個很開朗、很溫柔、很會照顧人的好媽媽。雖然時間相隔了三、四年，但一個人不可能變得這麼判若兩人吧。

為什麼會把她寫成虐待女兒的媽媽？

網路上不是有一大堆這種內容嗎？

其他的事，妳可以等後天問我兒子，因為我不太瞭解有羽。

不，今天我請客。什麼？妳還帶了伴手禮給我？雖然很謝謝妳，但我不想讓我老婆知道和妳見面的事……對了，我可以轉送給柳嗎？

聽說他老婆是妳的粉絲，妳剛好來這裡用餐，還送了伴手禮，她一定樂壞了，搞不好柳也準備了妳的書，想要找妳簽名。

雖然我從來沒有看過妳的書，一本也沒看過。

＊

原來……妳真的認識我爸爸。

點什麼飲料？我喝水就好。啊，不行喔……

因為……我從來沒有來過這種婆婆媽媽光顧的咖啡店……對不起，醫生，妳不是婆婆媽媽。我和妳點一樣的就好。

妳點歐蕾咖啡……那我還是點別的好了，我要咖啡。

不，我不是討厭牛奶或是不能喝牛奶，喝牛奶也不會拉肚子。

只是……我曾經聽說，日本人原本並沒有喝牛奶的習慣，所以身體無法像歐美人一樣吸收牛奶的營養，所以沒必要喝這種喝了也沒用的東西。

如果我更早知道，小時候就不喝牛奶了。有一段時間為了讓自己長高一點拚命喝牛奶。

聽到初次見面的人這樣自嘲，妳也很傷腦筋吧？

反正一眼就可以看出來，牛奶對我的身體完全沒效果。

可以把牛奶換成豆漿？那就改成豆漿歐蕾咖啡。蛋糕？不好意思，請給我菜單。我應該一開始就看菜單，嗯，麵粉……

不，我不會對麵粉過敏，只是我目前在實施無麩質飲食，我要點這個上面放了水果的布丁。雖然布丁裡也有牛奶，但我必須攝取雞蛋和砂糖，而且還有維他命。我就點這個。

肌力訓練？簡單地說，就是這樣，但不是像我爸爸那種急就章的訓練。我在高中時參加了舉重社，進大學之後，因為腰受傷休息了一陣子，肌肉只要稍微不練，就會變成脂肪。

好像就是這麼一回事啦。算了，我還是不要點布丁，就點蛋糕吧，熱量高一點的。好，就點蒙布朗，這是我第一次看到不是黃色的蒙布朗，我想應該真的是用栗子做的。

醫生，妳點巧克力蛋糕嗎？看起來也不錯。原來像醫生妳這樣的人也會吃蛋糕，本來以為只吃酵素水和蔬菜奶昔。妳該不會是為了配合我勉強自己？

原來妳平時也會吃。話說回來，如果妳發胖，只要在自家診所抽脂就好。

對了，妳是整形外科的醫生，搞不好認識。妳認識如月亞美嗎？她是我的同學。她是偶像，只是不怎麼紅，所以妳可能不認識她……

妳認識？她最近有沒有去整鼻子？以前的老同學都在討論這件事。有大膽的人直接問她，她說只是改掉了趴睡的習慣而已。這樣就可以讓鼻子的形狀改變嗎？我上網查了一下有沒有人在討論這件事，結果發現完全沒有相關的報導。

不知是好是壞，反正這代表沒有人注意她。

既然她這麼說，應該就是這樣？醫生，妳回答得真隨便，搞不好是妳為她動手術，但必須保守秘密？

但即使鼻子稍微變挺，也不見得會受歡迎？而且如月要整形的話，首先應該解決臉大的問題。我聽說出現在電視螢幕上時，臉會顯得比較大，看到妳之後，我發現真的是這樣。因為妳的臉差不多只有我手掌那麼大，但眼睛比電視上看到的更大。

沒想到這麼漂亮的人竟然曾經和我爸……

對不起，我爸爸曾經罵過我，不要評論別人的外表，即使說別人漂亮也不行。那是在說妳吧？

雖然我無法相信，但妳真的和我爸爸交往過嗎？會不會是我爸爸覺得反正不可能向當事人確認，所以就這麼糊弄我，但其實只是他的單戀。不過我是聽別的阿姨說的。

而且因為這件事，我家的氣氛變得有點怪怪的。雖然不應該告訴妳這種事，不知道我離開家之後，我爸媽還有沒有說過話啊。

如果只是鄉下人亂造謠，會造成妳的困擾，請妳務必嚴詞否認。我也會去告訴我爸媽。

不，也不需要妳去特地說明。如果直接見了面，只會讓我們家事情越鬧越大。

妳問這是怎麼回事？雖然說出來好像有點在揭自己父母的短，我媽經常說，反正我就是那個女人的替代品。但其實妳們根本是兩個世界的人，妳要不要看照片？

我媽並不醜，以前似乎比現在更可愛，但並不算是正妹，有點像是森林裡的小松鼠。個性也不是那種很有主見的人，不會像妳那樣能夠在深夜的辯論節目中貫徹初衷地表達自己的意見。她有點冒失，或者說少根筋？為了做咖哩特地去買肉，結果卻忘了把肉放進咖哩；去看牙醫，結果把牙醫診所的拖鞋穿回家。

雖然這種個性相處起來很輕鬆，但我爸啊……現在回想起來，有時候我爸明顯很在意妳。妳可以保證，絕對不透露是我說的嗎？

幾年前，電視上的到府訪問節目不是曾經去訪問妳家嗎？有一個房間很像健身房，裡面放了很多健身器材，妳先生正在做肌力訓練。我記得電視上說那是妳先生第一次出現在公眾面前。雖然這麼說可能有點奇怪，但他明明是醫生，卻是一個肌肉男。

當外景主持人問妳，妳對妳先生在練肌肉有什麼感想時，妳笑著回答說。

妳喜歡阿諾・史瓦辛格。

不久之後，我爸爸也開始上健身房。雖然他說是協助我把身體練得更強壯，也的確變得很懂營養方面的事，但搞不好是為了他自己呢。

他也承認有一半是為了自己，說是護理師的工作需要體力。只不過他做護理師已經很多年，為什麼偏偏在這個時候開始練？雖然當時我並沒有多想，但有了提示之後，就突然茅塞頓開了。

難怪我媽會不開心。

會不會只是巧合而已？不，他的確看了那個節目，只是他自己可能沒有察覺。妳上的所有節目，妳寫的所有書他都有看，而且還假裝是為我媽錄節目，為我媽買書回來。

聽說還有其他人自稱是妳的前男友，所以不需要對我家的事太認真。

我加入舉重社的理由？因為我想把一個女生舉起來……對喔，妳是為了這件事來找我。

我想把吉良有羽舉起來。

不需要我說明妳應該也知道，我讀中學時比現在矮，體重也比現在輕。我跑得很快，所以在此之前，從來沒有為自己的身材感到自卑過，但在運動會上發生了一件大事……不，也稱不上是大事……誤會就是這樣產生的。

不過對當時的我來說，的確是重大事件。我和同樣跑得很快，但體型完全不一樣的有羽搭檔參加兩人三腳接力賽，果然跑了不到半圈，我們就跌倒了。光是這樣就已經很丟臉了，結果有羽還抱著我跑到了終點……

我雖然撞到了膝蓋，但並沒有痛得無法跑。如果我個子很高，有羽應該也不會試圖把我抱起來。

當時引起全場喝采，全校學生的目光都集中在我們身上……真的很丟臉，我當時差一點討厭有羽，當我們從退場門離開時，她哭著向我道歉。

她說，對不起，都怪我太胖了。

雖然內心的羞愧加倍，但我完全不恨有羽……相反地，內心湧起了想要讓她對我刮目相看，想要讓她看到我大顯身手的想法……

雖然現在知道事情很簡單，就是我喜歡她，但那個年紀還無法坦然面對這種感情，所以甚至無法安慰她說「沒事」，反而說了很蠢的話。

我說，那就送我甜甜圈好了。

鄰町新開了一家甜甜圈店，我指的是那裡的甜甜圈。

但有羽在星期一帶來了她媽媽親手做的甜甜圈，雖然我現在吃著很貴的蛋糕說這種話有點奇怪，但她帶來的甜甜圈真的很好吃……

感覺可以讓人振作，讓人變得坦誠。

如果下次再發生相同的狀況，我要把有羽抱起來。

當時我忍不住在心裡這麼發誓。雖然根本不可能再發生相同的狀況，但中學男生都很傻。我當然拚命喝牛奶，但在家裡練伏地挺身和深蹲並沒有什麼效果。這也是理所當然的事。

我並不感到著急。因為我和有羽的成績差不多，所以覺得應該可以讀同一所高中。而且我準備讀的那所高中有舉重社，也經常看到那所高中的舉重社參加比賽的報導，我覺得真正的戰場是在進高中之後。事實上，我們也真的進了同一所高中。

我的臥推目標是有羽的體重，只不過有羽越來越胖，在暑假結束時可能已經超過了一百公斤，但她仍然跑得很快，所以高中的新同學都很驚訝。

聽到有羽被人稱讚，我就像自己得到稱讚一樣高興。但因為我們不在同一個班級，所以根本沒機會說話，甚至幾乎見不到她，讓我感到有點寂寞。

我們在二年級時也不同班，我感到很失望，然後聽說有羽退出了舞蹈社……她在中學和高中都參加了舞蹈社。學長聽到這個消息後，想要把她挖來舉重社，於是要曾經和她同一所中學的我去探探她的口風。

我當然一口答應。雖然有羽可能會一下子就舉起很重的槓鈴，讓我猶豫了一下，但如果她也來參加舉重社，我搞不好有機會把她舉起來。

但是有羽拒絕了。她說膝蓋受了傷，而且也是因為這個原因才會退出舞蹈社。

我真的太胖了。雖然她說這句話時的語氣很開朗，但我可以感受到她在強顏歡笑。妳知道我當時不假思索做了什麼事？

答對了！雖然並不難想像，但我至今仍然覺得那時自己付諸行動簡直是一場夢……妳說妳懷疑是我覺得自己當時應該這麼做的後悔篡改了記憶？是不是看太多動畫了？

我把有羽抱了起來，用公主抱抱了起來，然後對她說了這句話。

還好嘛，也沒多重。

有羽……被我嚇到了。她轉身跳了下來，然後以驚人的速度逃走了，簡直懷疑她的膝蓋根本沒有受傷。我也目瞪口呆，根本不知道當時自己臉上露出了怎樣的表情。之後分不清是她避著我，還是我避著她，所以我也不知道她在暑假過後開始拒學。當我聽說她退學時，她已經離開了這裡。

唯一的救贖就是聽說她退學的理由並不是遭到霸凌或是心理方面的疾病這種負面的因素，而是她爸爸回國了，所以一起搬回了原本在東京的公寓，而且回東京動膝蓋手術也比較好。

當時我還樂觀地想，高中的課程可以等膝蓋治好之後透過函授教育補回來，而且搞不好會在大學巧遇她。

我跪求我爸媽，希望他們讓我讀東京的大學。幸好我在全國高中運動會上獲得第二名，所以東京的一所大學來挖角，我爸媽很快就答應了。

但搞不好是託妳的福，搞不好是我爸爸期待去東京看我的時候會巧遇妳。雖然以東京的規模，根本不可能有這種事，但不瞭解就會有期待，而且奇蹟也真的會發生。

我就遇到了有羽。

因為那天是紐約最紅的甜甜圈店在東京開第一家分店的日子，所以也許不能說是奇蹟……醫生，妳怎麼了？為什麼突然站起來？

什麼時候？在我剛入學不久，四月的第三個星期五……妳問的重點應該不是這個吧？是有羽去世的三個月前。請妳不要激動，我會告訴妳。要不要加水？我想喝水。

不知道是不是想家，我明明在實施無麩質飲食，看到早上的資訊節目介紹甜甜圈店開張的消息，就突然很想吃甜甜圈。雖然和有羽媽媽做的甜甜圈不一樣，但那天下午的課剛好停課，所以我決定去看看。

我當然也想藉此向老家的老同學炫耀一下。

甜甜圈店前大排長龍。原本我還以為是非假日，不會有太多人，忍不住想要笑自己太傻太天真。我想我可以在排隊時練腹式呼吸，這是可以練腹肌的運動。

正當我在憋氣時，看到一個很有羽感覺的女生經過我面前。

「很有羽感覺」的說法是不是有點奇怪？但我當時就是這樣感覺。因為她和我記憶中的有羽完全不一樣，如果不是她手上拿著最大盒的甜甜圈，我可能不敢開口叫她。

只有有羽會買那麼多甜甜圈。我這麼一想，立刻叫她的名字。萬一認錯人，只要道歉就好，但果然是有羽。

照理說，我應該對她說「好久不見，最近好嗎？」但我竟然脫口問：「妳為什麼在退學……」

妳為什麼在退學前沒告訴我？

我可能一直很在意這件事，但我之所以沒有把話說完，是因為發現有羽顯然並不期待目前的狀況。她露出極其為難的表情，我很擔心她會對我說，是因為我當初把她抱起來，所以想逃走。沒想到有羽開了口，用很小聲的聲音回答。

——因為老師……不，因為我的膝蓋要動手術。

有羽是不是沒有聽懂我的問題？她好像以為我在問她為什麼退學，但我沒有機會向她解釋不是這樣，因為她又逃走了。

之後，我發現一件奇怪的事。

她剛才是不是提到了「老師」？什麼意思？

但是，我並沒有多想。反正已經是過去的事了，就連外表也不再是我熟悉的有羽。也許她根本不想看到以前認識的人。

我也不想把已經變了樣的有羽抱起來。

最後，我沒有買甜甜圈就回了家，悶悶不樂地喝著高蛋白飲品，封印了對有羽的感情。

但是，當時我應該拋開面子去追有羽的。我可以追上她，即使不把她抱起來，只要抓住她的手臂，即使她把我甩開，現在的我應該可以承受。

然後，我要作好被她嫌惡的心理準備問她。

妳的表情為什麼這麼痛苦？老師怎麼了？我能不能為妳做什麼？

但是，有羽死了。而且死在這裡，死在她以前住過的家。

我當時是不是可以為她做點什麼？

雖然我內心後悔莫及，但除了媒體報導和老同學之間傳的八卦以外，我沒有勇氣瞭解有羽死亡的真相。

萬一和我有一點點關係⋯⋯

所以，當我從我爸爸口中得知妳想瞭解有關有羽的事時，我有點害怕，但又覺得一旦全部說出來，心情應該會很輕鬆，也許是因為妳成功引導我放鬆心情。醫生，也許比起整形外科，妳更適合成為精神科醫生。

啊，醫生也算是師字輩。

有羽的班導師姓什麼？我只知道中學和高中的班導師，可以嗎？國一時的希惠老師的姊姊好像是我爸爸的同學，醫生，妳可能也認識……如果妳還想問我什麼問題，不需要透過我爸爸，可以直接LINE給我。

我的名字？星星的夜晚，星夜。好像動畫影片角色的名字？有一段時間，比起個子矮，我更討厭這個名字，但好像是來自我爸爸這輩子看到的最棒風景。

醫生，該不會和妳有關……我想太多了。

第四章——道德啦，倫理啦

小乃，讓妳久等了。我可以這樣叫妳嗎？還是要叫妳橘醫生？久乃？叫小乃沒問題吧？我是第一個這麼叫妳的人？我完全不記得了，原來是這樣。其實我小時候不太會發「久」這個音，常把妳的名字叫成「有乃」、「球乃」之類的，為了掩飾第一個音發不正確，所以就乾脆叫妳「小乃」。沒想到姊姊說「小乃」聽起來像是好朋友之間的稱呼，她也就跟著這麼叫了。來龍去脈是這樣。

很抱歉在我百忙之中來打擾？我真的很忙，也的確很困擾。妳問裡面的座位空著，要不要坐去那裡？

不，還是這裡比較好。

光線很刺眼？這也是原因之一，但我不想被認識的人，尤其是學生家長看到我和妳在一起。

為什麼？當然是因為很困擾啊。我不希望別人知道我認識妳，妳從以前就在這方面很遲鈍。

妳以為沒有人討厭妳，只要妳主動約別人見面，別人就會欣然赴約。妳所有的朋友都會為是妳朋友這件事感到自豪，只要和妳有一點交集的人，都會向和妳沒有任何交集的人炫耀。

的確有這種人，這種人還不少，而且也的確有人在妳面前表現出這種態度，但是發自內心為妳的活躍感到高興的人並沒有妳想像中那麼多。

妳不要露出這種好像悲劇女主角一樣的表情，是妳約我出來的，而且是星期天白天這麼寶貴的時間。我姊姊為什麼隨便把我的手機號碼告訴妳？妳不是生活在另一個世界嗎？還在和老同學聯絡嗎？

妳已經見過我姊姊了？難以置信，她胖成那樣，竟然還敢和以前的老同學見面，而且還是和妳見面。妳有沒有說我姊姊「像豬一樣」？就像妳以前說我的那樣。太意外了，所以妳現在比以前圓融了。應該說，妳說不出口。如果我姊姊在網路上寫，前世界小姐的日本代表，目前是整形外科醫生的橘久乃醫生罵她是豬，會有怎樣的結果？這種負面消息一定會在網路上延燒。

我雖然和妳不同，不是所謂的名人，但我在中學當老師，所以也不能隨便亂說話。之前曾經有一個男學生在第四節課時吃便當。他參加網球社，長得很可愛，個性開朗，是班上的意見領袖。我就稱他為A同學。雖然他用課本和聯絡簿豎在課桌上擋住，但站在講台上看得一清二楚，所以我就輕鬆地提醒他。

不要貪嘴。

那個學生聽了之後，抓了抓頭，笑著說「被老師發現了」，然後把便當盒收了起來。坐在他周圍的同學也都笑著說：「怎麼可能不發現？一下子就聞到味道了。」

當時在輕鬆的氣氛下解決了這件事。

沒想到放學後，那名學生的班導師和學年主任找我去，妳猜他們說什麼？

他們說我在上課時，當著全班的面罵A同學「貪得無厭」。

那個同學在午休時間一臉難過的表情告訴班導師，說著說著還哭了起來。

起初我聽不懂是什麼意思，稍微想了一下，才想起那件事，於是我解釋說，因為他上課偷吃便當，所以我說他貪嘴。結果竟然抗議無效。

他們竟然說我應該知道，無論是說貪嘴還是貪得無厭，那個學生對「貪」這個字反應很激烈。既然學生說他因此「受了傷」，即使學生曾經在課堂上吃便當，仍然必須去向他道歉。

怎麼會有這麼荒唐的解決方法？

我當然去道歉了。當天放學後，A同學在參加社團活動時，學年主任和班導師帶我去網球場找他。被一老一年輕的兩個男人夾在中間，我覺得自己好像被刑警帶去警察局。雖然我忍住了淚水，告訴自己絕對不能哭。

如果是以前，我一定會大哭，可見我也成長了。

A同學露出為難的表情看了看周圍，然後露出一絲不懷好意的笑容轉過頭。那是他真實的表情。

隱情？個性很賤的人並不都是因為迫不得已的環境因素，才會讓他們變得那麼賤。雖然如果問這種人，他們會把責任推到父母、老師或是自己不喜歡的同學身上，然後把一些小事放大一萬倍，主張自己根本沒錯。

有必要去聽這種故事嗎？但也千萬別試圖去糾正他們犯賤的個性。無論大人還是小孩，有很多人一旦和他們扯上一點關係，就會陷入不幸，而且他們對此樂在其中。

最好的方法就是速戰速決。

——對不起，你在上課時吃便當，我不該說你貪嘴！

我用不要說網球場，連整個運動場都可以聽到的聲音向他道歉，就像電視上的綜藝節目一樣。

A同學？他一臉錯愕的表情。可能不符合他原本的計畫吧。他可能以為我會哭著向他道歉，然後他說「我聽不到」，讓我一次又一次重複，他就可以在一旁看笑話。沒想到我反而讓他在眾人面前出糗，所以只能露出詭異的笑容。

既然老師已經反省了，那我就不計較了。他這麼說。

到底誰該反省？

妳說我是笨蛋？小乃，不可以這麼說，不可以說「笨蛋」這兩個字，因為隔牆有耳。

妳可能覺得約我來這家咖啡店已經離住家很遠了，但鄉下生活都以開車為主，所以這一帶仍然算是住家附近。雖然妳覺得自己變了裝，但妳的絲巾很引人注目，我勸妳最好還是別戴了。

我嗎？我才不要戴，否則看起來就像我精心打扮來見穿得很隨興的妳。妳把絲巾放進皮包吧。

我才不要妳用過的二手貨，應該說，我不要任何人的二手貨。全世界的妹妹都一樣。總之，在這個世界上，無論發生的事多大多小，無論損害的大小，都是失言的人落敗。

如今這個社會，殺人命案的死者家屬如果說「我恨不得殺了兇手」，就會遭到輿論的譴責。小乃，妳既然在新聞節目中擔任評論員，應該也知道這種事。

我曾經遇過因為對方的失言，結果各打五十大板的事。

我因為說了「貪嘴」就被迫道歉，很想用其他方式稱呼A同學，但因為妳指定要在這家咖啡店見面，所以就必須慎重起見。早知道應該約在有包廂的咖啡店。

因為妳想喝黑糖焙茶拿鐵？這種東西或許在這種鄉下地方很稀奇，但東京應該到處都喝得到吧？

喔，是這樣啊。原來流行的風潮已經過了，幸好這裡還有。我甚至不知道曾經流行過黑糖焙茶拿鐵這種東西，所以就點了普通的咖啡，早知道妳應該推薦一下。

再加點？我才不要。

黑糖沒有關係？妳想說什麼？我並不是因為在減肥，所以不吃甜食，咖啡中只加牛奶也是因為我喜歡這樣喝而已。

要不要試喝一口？不，不用了，我下次來這家店時會點，黑糖焙茶拿鐵的事就到此結束。

那我接著說下去。我為說「貪嘴」道了歉，但對方似乎解釋為即使上課吃便當也沒問題。真的是笨……真是一個缺乏常識的可憐小朋友。

這樣說反而更失禮？我不管。反正他又在上課時吃便當，而且連遮也不遮，明目張膽吃了起來。於是我很客氣地對他說。

——目前正在上課，還不到吃便當的時間，但如果現在不吃會對你的健康造成影響的話，請你去保健室吃。

A同學聽了惱羞成怒，但他詞彙很貧乏，無法反唇相譏，所以就動了怒。

他先是「啊？」了一聲，很大聲，想要兇我，但我一點都不怕。然後又連續「啊？」了兩次，我都無動於衷，然後他就威脅我。

——妳沒有反省嗎？我可以把妳罵我貪得無厭的事在網路上公開，到時候妳連老師也當不成了吧？

我沉默了片刻。並不是找不到反駁他的話，而是「你腦筋有問題嗎？」已經衝到了喉頭，為了避免怒火從嘴巴裡衝出來，所以拚命克制自己。

遇到這種情況時，妳通常都怎麼做？不是經常有人在心裡數數嗎？我姊姊有點奇怪，她說她會在腦海中播放舒伯特的〈魔王〉。她說只是在國中的音樂課上聽過一次，但每次情緒快失控時，腦袋裡就會響起登登登、登登登的三連音前奏。

沒錯，沒錯，就是日文版「爸爸、爸爸」的部分。原來妳也會唱？這也難怪，妳們是同學。我好像也聽過，只是沒什麼印象，可能妳們那個年級聽的時候放得很大聲。反正我姊姊說，只要在腦海中放完整首歌，大部分的事都可以忍下來，或者說是能夠息事寧人，小乃，妳呢？

妳想不到？也不會播放〈魔王〉？也對啦，因為在妳的人生中，應該不會有人對妳惡言惡語或是欺負妳，即使遇到了，妳也會當場狠狠地罵回去。一旦狀況對自己不利，就會抖著眉毛，擠出幾滴眼淚，露出「我很可憐」的表情，大家就都會站在妳那一邊了。

有什麼根據？妳每次罵我小豬，別人提醒妳不可以說這種話時，妳不是都用這一招嗎？

妳為這件事跟我說對不起？我才不需要這種跨越時空的道歉。並不是當時感到抱歉的想法經由某個星球傳遞到這裡，而是因為我在數落妳，而且這次是妳有求於我，妳迫於無奈才道歉的。

不需要，不需要，這種道歉，我絕對不接受。

我忍耐的方式？果然是我認識的小乃，馬上改變話題，從某種意義上來說，真是很懷念。嗯，和妳見面是正確的決定，因為妳似乎證明了人無法輕易改變。

我會默默背宮澤賢治的〈不畏風雨〉。如果粗略分類的話，我應該和我姊姊算同一類。

沒錯，我是國文老師，但在當老師之前，希望自己心情平靜時，就會在腦海中一直重複〈不畏風雨〉，應該是高中的時候老師要我們背這首詩的關係。

妳沒有背過嗎？

所以你們雖然學過這首詩，但並沒有背下來？看來是老師個人喜好的問題。曾經有一段時期，我在自己的課堂上要求學生背《徒然草》的序文，後來學生家長提抗議，說這是強迫學生，學生覺得很痛苦，學生有拒絕要求的自由，我馬上就放棄了。

只有十幾歲的時候能夠在短時間內在大腦內刻下大量訊息，如果成長過程中都不用腦，等到長大成人，遇到狀況的時候，到底要怎麼救自己？

雖然我當老師已經有十五年了，原本以為自己會一年比一年適應，但事實並非如此，反而越來越覺得和學生無法溝通。我和其他老師討論這個問題時，那些老師輕描淡寫地說，因為和學生之間的年齡差距越來越大，這也是理所當然的事，但真的只是因為這個原因嗎？

小乃，妳的客人，還是說病人？其中應該也有十幾歲的女生吧？妳會不會有和我同樣的感覺？雖然我覺得中學生應該還不至於去整形。

妳也有同感？怎麼說？

看起來像是來向妳索取個性？我能理解妳的意思。

他們不敢脫離群體，擔心自己太引人注目會受到攻擊，迎合說話大聲的人，或是大多數人的意見，內心卻渴望自己的特色或是只針對自己的讚賞和評價。

也許我們小時候也一樣，也想聽到稱讚，希望自己在某些方面很突出，但在我們那個年代，大部分小孩子都很勇於表達自我。

有人清晨獨自在學校的操場上跑步，或是在課間休息時專心看自己喜歡的作家的作品，也有人特別會模仿老師，或是自己組樂團，在文化祭或是遠足的遊覽車上唱給大家聽。或是在鉛筆盒、墊板上，貼自己喜歡的偶像、運動選手的貼紙。

像妳小時候，明明還是小學生，卻說怕頭髮會被壓扁，所以總是把黃色安全帽掛在脖子上。這也是很了不起的個性。

所以，以前的同學，即使不是好朋友，只要曾經同過班，不是都能夠回想起某某某以前喜歡什麼，某某某擅長什麼嗎？還有誰跑得快，誰很聰明之類的。

但是，很難瞭解現在小孩子在哪些方面有專長。因為當事人不積極表現，在學校這個社會中，也不推崇競爭這件事，更不能公布成績的排名。

比方說，不能演戲，合唱沒問題，但不能獨唱。

但是，學校要求教師必須瞭解每一個學生的個性，並協助提升每個人的個性。學生本身不積極表現，不希望和他人進行比較，但希望別人注意到他們的個性。真的很想問，這到底要怎麼做？到頭來，不光是學校，整個社會都是憑即使不需要當事人努力表現也可以瞭解的事來判斷他人。

沒錯，就是外表。美女或是醜女，帥哥或是醜男。個子高還是個子矮，胖還是瘦。如果只是將外表視為個性也就罷了，但甚至會根據一個人的外表決定他的性格。比方說單眼皮很不好相處，醜女個性都很差。當然也可能有相反的情況。

於是就會有人想割雙眼皮，像妳開的那種診所當然有做不完的生意。

所以我非常同意妳剛才說那些人看起來像是來索取個性的意見，簡直讓我茅塞頓開。原來可以用一句話簡單概括，這也許是我這輩子第一次對妳說的話發自內心產生共鳴。

雖然我幾乎沒時間看傍晚的新聞，但如果深夜的討論節目是教育相關的主題，我就會錄下來看。參加那個節目的都是老師、教育評論家、前文部科學省的官員，或是知名補習班的明星老師，或是專收拒學孩子的自由學校的經營者這些教育相關的人，妳憑什麼經常和他們一起上節目？

因為在校規那一次擔任嘉賓，引起了很大的迴響？就是妳說「如果學生因為割了雙眼皮產生了積極心態，願意回到學校，校規就不應該禁止」那一次吧，還說「如果學生視力不好，會禁止他們去眼科嗎？」

妳說完話之後就立刻進了廣告，廣告結束之後，是不是又換了另一條校規？所以感覺像是妳的精采言論作了總結。在妳的論述中，「視力差」就相當於整形外科中的「長得不好看」，兩者可以相提並論嗎？

視力差會對日常生活產生影響，但長得不好看會對生活產生怎樣的影響？即使會對建立人際關係產生影響，是長得不好看的人必須改善的問題嗎？

即使提倡不要用外表判斷一個人的道德教育持續幾十年、幾百年，價值觀也無法輕易改變，只有美女和帥哥的定義有所改變。啊，現在不叫帥哥，改叫型男？所以對美男美女的叫法也改變了，但無論在任何時代，對醜的定義都差不多。

這個世界不會改變。人生並不長，更何況是會對人格形成和建立人際關係產生極大影響的學生期間更短，既然這樣，還不如趁早整形。

這樣的邏輯正確嗎？即使這樣，妳仍然認為這和視力差的人一樣嗎？

不，妳不需要回答我。一旦妳扯到無障礙空間的事，就會轉移焦點。妳很會把話題轉移到自己擅長的領域上。

差不多就是這樣，我每次都會在電視前反駁妳的意見，當然不會去寫在網路上。如今是新來的老師在推特上罵學生，也會被學校開除的時代。

如果絕對不會被人發現，我會寫什麼？嗯……

也許可以考慮向那些會投訴禁止賽跑、不准公布成績好的學生名字、要讓所有學生都成為學習成績發表會主角的人提議，「讓所有學生在學校都包頭巾，穿上看不出身體線條的衣服！」

諸如此類的吧。

不是寫有關上課時吃便當的那個學生的事？不必理那個笨蛋。啊，我不小心說了笨蛋。算了，不管了，如果有人去告狀，我就說在和妳聊紅毛猩猩。是不是婆羅洲島？妳之前曾經參加過的保育活動。

那是別人？原來是那個模特兒。那我就說我記錯人了，而且事實也是如此。

扯太遠，已經不知道原來在說什麼了。那個學生又在上課時吃便當，當我謹慎地提醒他時，他惱羞成怒。沒錯沒錯，我那時候沒有馬上開口。好，倒帶完成。有些人看到對方不說話，不是會擅自宣布勝利嗎？那個笨、不，那個學生A同學誤以為把我打趴了，鬆懈的腦袋和嘴巴裡吐出了這句惡劣的話。

——胖子，活該！

——既然你要求我為貪得無厭道歉，你應該也會為胖子這兩個字道歉吧？

我冷靜地對他說。他不知道我當了多少年的胖子嗎？怎麼可能輕易被激怒？他的腦袋可能還來不及繃緊，惱羞成怒地反駁。

——啊？我並沒有貪得無厭，妳卻說我貪得無厭。妳是胖子這件事是事實，我說實話有什麼問題？道歉？這是箝制言論自由嗎？這次我一定要上網公布，即使妳跪著求我也不會手下留情！

越是詞彙貧乏的人，越是只知道「箝制言論自由」這種極端的字眼。因為手上沒什麼牌，所以就迫不及待拿出來用。對了，還有「上法庭」。

同一所學校有一個女老師因為壓力的關係，導致右耳旁的頭髮禿掉一塊十圓硬幣的大小。我說我會肚子痛，她向我提出忠告說，壓力的症狀並不限於每個人只有一種而已，相反地，幾乎所有人都會在不同的階段經歷相同的症狀，肚子痛只是初期階段。

雖然那時候在為一些事煩惱，但我覺得我應該沒問題，最後堅定地告訴自己，我絕對不可以禿。與其禿掉一塊，我情願被學校開除。如果禿了一塊，最後還被學校開除，簡直太慘了。

不需要把宮澤賢治請出來了。我的思考開始失控。

說起來，我為什麼要在這種都是笨蛋的地方努力教書？姊姊明明是長女，卻一個人跑去東京，她到底在想什麼？如果我在這裡昏倒，事情就可以解決了，但我的身體很健康。我想到了，我小時候雖然吃得很少，卻仍然很胖，也許就是因為身體預測到會有這樣的未來。

因為我沒有反駁，於是對方就得寸進尺。

——胖子，妳倒是說話啊。妳可以噗噗、噗噗叫。

我已經不知道班上誰在笑，誰露出了「這太過分」的表情。眼前一片空白。

就在這時，出現了救世主。

好了，到此為止。擔任棒球社的顧問，教社會的老師走進教室說。因為我們教不同的課，而且學年也不同，所以幾乎沒什麼交談過，但他說上次看到我在網球場被迫道歉，之後就開始注意我。

A同學的反應？他不敢對很受歡迎的清新型男老師說任何話，尷尬地笑著說，他只是開玩笑。這已經不知道該說是男女歧視還是外表歧視了。

班上的同學，尤其是女生都說「我也覺得很過分」，為型男老師助陣。既然這樣，為什麼不早一點向我伸出援手？妳不會這麼覺得嗎？

型男老師也出現得太晚？他事後也向我道歉，他說雖然覺得很對不起我，但他一直站在走廊上，要等到那個學生無法狡辯的狀況才介入。他出手救我，我就很高興了，而且……

他該不會就是我的結婚對象？不是該不會，就是他。原來我姊姊把我結婚的事也告訴妳了。我和他稱那件事為貪得無厭騷動，我剛才說貪得無厭騷動時，感覺好像是最近才發生的事，我和他都這麼稱呼那件事，但其實是去年的事。

並不是我向他告白。他說之所以會來教室察看，也是之前就覺得我很不錯。

小乃，我知道妳在想什麼。妳的眼神已經說明了一切，所以妳不必說出來。如果聽到妳這麼說，我真的會很受傷，所以我自己來說。

型男為什麼會愛上我？是不是？而且我還比他大三歲，學校明明還有其他年輕漂亮的老師。我好幾次都聽到學生小聲這麼說。搞不好他們並沒有小聲，而是故意說得讓我聽到。

如果我家有點財產，我一定會懷疑他想騙我而和他保持距離。事實上我也問了我爸爸，是不是藏了什麼我和姊姊不知道的財產？

我家不是妳家，我家真的沒有財產。如果說一無所有倒還乾脆，結果我爸爸向我坦承藏了五十萬圓私房錢，還合起雙手拜託我不要告訴我媽，讓我覺得很難過。

即使這樣，我仍然無法相信他，所以鼓起勇氣問他，到底喜歡我什麼？

妳認為是什麼？

……小乃？……小乃？妳為什麼一臉嚴肅地陷入沉默？妳說妳腦海中響起了〈魔王〉？妳這種地方真的很沒禮貌，妳可以隨便說點什麼啊，像是樸素啦，療癒系啦，或是在一起很放鬆。

他真的這麼對我說！

所以……了，而且也變漂亮了？對不起，我剛才沒聽清楚。妳是不是說我變瘦了，而且也變漂亮了？

說對了？又不是在玩猜謎題。雖然我甚至忘了上次見到妳是什麼時候，但我並不是因為交了男朋友，或是決定要結婚才瘦下來。我剛才也說了，我的教師生活一直在對抗肚子痛，雖然現在說這種話有點那個，但我認為自己並不適合這份工作。小時候我很怕在別人面前說話，在課堂上也要費盡全力才能朗讀課文。

妳問我為什麼當老師？因為想要離開家裡吧。通常都是家裡的老大想要離家的難度比較高，但我姊姊去東京讀大學時就宣布畢業後不會回來，所以等到我要讀大學時，父母都很警戒。如果沒辦法說出想要升學的理由，他們不會同意，所以我就說想當老師。

因為除此以外，我想不到任何自己有能力去做，而且需要讀完四年制的大學才能做的工作。其實短大畢業也可以當中學老師，只是幸好我和我爸媽都不知道這件事。

我不可能像我姊姊那樣逃走，更何況奶奶的身體越來越差。有一次我罵我姊姊「叛徒」，沒想到她竟然大言不慚地說，她從來沒有說過要回來工作，還說什麼「奶奶從小就很疼妳，妳照顧她也不會覺得辛苦」。

我覺得我們姊妹的某些記憶兜不攏，我並不覺得奶奶特別寵我。我姊姊以前就有很多刺，每次奶奶罵她，她就覺得是胖子在嫉妒她。

這是家庭內的身材歧視，即使奶奶稍微偏袒我，應該也和我小時候很胖沒有關係。

這樣也好。現在無論對任何事，我都能夠這麼想。

——。

小乃，妳剛才說誰的名字？

妳找我出來，是為了問吉良有羽的事？妳在電子郵件中提到，想問我一些有關學校的事。

我以為妳會向我打聽明年建校八十週年紀念演講的事。我在上次開會時得知，學校之前向學生和家長做了「希望邀請哪一位畢業生來演講」的問卷調查，有八成的人寫了妳的名字。

而且我姊姊……

不是什麼重要的事。她之前說，如果在妳回來期間，在妳老家經營的沙龍預約新娘美容，妳可能會親自為客人做美容，所以我原本猜想姊姊可能已經拜託妳……我太蠢了，竟然曾經抱有一絲這樣的期待。

沒關係，反正我舉辦婚宴的飯店美容沙龍可以免費為我做三次新娘美容。我又不想整形，所以還是飯店那裡更值得信賴。

我可以走了嗎？

妳竟然低頭拜託我聽妳說，這根本是妳的慣用手法。

那我也要拜託妳，請妳想一想我的心情。

我並不是基於對教育充滿熱忱才成為教師，雖然我的肥胖是遭到嘲笑的原因之一，但我相信學生也看出我對教育缺乏熱忱，所以才會比其他老師更常遭到那些腦筋不靈光的學生頂撞。

但我用自己的方式努力面對學生。妳剛才說我瘦了，我大學畢業時的體重是八十公斤，現在只有六十公斤。這十五年來，經歷了很多，才終於減少了二十公斤。

妳皺什麼眉頭？六十公斤很可笑嗎？在妳的眼中，六十公斤仍然是胖子，但既然妳已經見過我姊姊了，就知道年過三十之後要持續瘦下來，足以證明我每天的生活都過得很辛苦。

我曾經被叫去警察局，也曾經搭飛機去大阪把離家出走的學生接回來，也遇過霸凌的問題，還經常接到恐龍家長的投訴，甚至揚言要把我告上法庭，校長嚇得逼我跪在學生和家長面前道歉，即使根本不是我的錯。

我曾經用防身的桿叉把在教室揮刀的學生制伏在牆上，結果我變成了施暴的老師，那個學生說他的刀子只是要拿來削鉛筆。

我不知道哭了多少次，最後眼淚也乾了。

但是，如果妳問我當老師之後什麼事最痛苦，我根本不會想起那些事。

因為最痛苦的就是吉良有羽死了。

在親身經歷之前，我完全不知道面對比自己年輕的人的死會這麼悲傷。我們學校每年都會舉辦幾次關於生命的特別課程，會從校外邀請心理醫生來演講。演講結束之後各班進行討論時，我也會表達自己的意見，自認為很瞭解死亡和生命的重量。

我無法面對有羽已死這個事實。如果她是生病或是意外身亡，我或許已經接受了，但她是自殺。

雖然她從中學畢業已經三年多了，但我有時候仍然會忍不住想，是不是她在讀中學的時候，我曾經疏忽了什麼。

但是，無論我怎麼回想，都只有關於她快樂的記憶。我為這樣的自己感到悲哀，有羽的離開還是讓我感到難過，更不願意輕率地談論她自殺的事。

更何況我根本沒有理由告訴妳。

妳曾經見過她嗎？妳們認識嗎？話說回來，妳也是這裡的人，娘家也在這裡，如果妳們很熟，那就真的抱歉了。

不需要談自殺的事，只要聊一聊有關她的回憶就好？那就說說那件事吧。

在說那件事之前，我要加點黑糖焙茶拿鐵。妳要不要再加點一樣的？

那我就點囉？

……什麼？妳剛才小聲說什麼？還是點別的好了？抹茶拿鐵嗎？

如月亞美？喔，妳是說亞美，她好像會在一些電視劇中演一些小角色，原來妳也知道她是本地人。我突然想到兩件事之間的交集了，她的臉最近變了，我猜想她是不是動過鼻子，是不是妳幫她動的？

沒有？她以前那張看起來很兇的臉上配了一個很蠢的鼻子，算了，這種事不重要。

我是不是討厭她？妳問得這麼直截了當，看來我這個老師很失職。但在妳面前掩飾也無濟於事，所以我就實話實說了，我很討厭她。

對了，在我打算告訴妳有關有羽的故事中，亞美也是重要角色。既然妳知道她，就不需要我詳細說明，也不需要稱她為B同學了。

我是在她們兩個人讀一年級的時候擔任她們的班導師，有羽在二年級時去了別的班級，亞美仍然在我班上。那是文化祭時發生的事……

選校花？的確有這樣的活動，但我並不是要說選校花的事，妳果然見過亞美吧？我以前讀書的時候，根本沒有選什麼校花，還是妳那時候有？

也沒有，對不對？因為我從來沒有聽我姊姊提過。不，不是因為她不會被選上，而是如果有舉辦，她一定會抱怨說，反正連續三年絕對都是妳，舉辦這種活動根本沒有意義。

話說回來，醫生有保密的義務。對了，老師也有保密的義務，所以我不能告訴妳外人不知道的秘密，妳聽完之後不要怪我說，和妳期待的內容不一樣喔。

我們以前的文化祭雖然不選校花，但不是都會演戲嗎？

沒錯沒錯，就是二年級每個班級都要表演一齣戲，每個班級表演二十分鐘。第一天的一年級合唱，第二天的二年級戲劇幾乎成為文化祭的主要節目。小乃，妳當時是演公主嗎？

妳負責打燈光？是喔，真令人意外。你們當時演什麼？

那時候的確有這齣電視劇，老公有嚴重的戀母情節。那部電視劇走紅時我還在讀中學，這麼一說，年紀就曝光了。妳應該去演女主角那個可憐的太太啊。

原來是男班導師演那個有嚴重戀母情節的老公，然後由班上很受歡迎的男生演婆婆和太太啊。通常都是這樣，男扮女裝必不可少，因為搞笑最重要。我們以前也一樣，我當時負責寫劇本。

妳又露出那種意外的表情。妳是不是認為我會被分到更不起眼的工作？我以前的確口拙，每次都說不過妳和姊姊。漂亮的女生不太會說話，在大家眼中就是文靜可愛的女生，男生反而更喜歡，但胖子口拙就會被認定為個性陰沉。聽說現在的年輕人都不說個性陰沉，而是叫他們邊緣人。

我不希望別人認為我個性陰沉，所以很努力搞笑，閱讀感想和作文也經常得獎，所以才會選我寫劇本。

我們當時惡搞一齣很紅的刑警電視劇，兩個女生演劇中的帥氣刑警，男班導師演長頭髮的美女刑警。雖然有些老師會樂在其中，但我們的班導師很老實，笨手笨腳卻拚命演的樣子很好笑，現在回想起來，覺得很對不起當年的班導師。

任何事只有自己親身體會時才能夠真正瞭解。

我當亞美班導師的那一年，我們班要演《美男與野獸？》。劇名最後還帶了一個問號。

沒錯，就是惡搞《美女與野獸》。由亞美的一群跟班製作，無論配角還是幕後工作都由她們負責，一切都是亞美主導的亞美劇場。我當然也被要求軋一角。雖然學校並沒有規定班導師必須參加，而且有些班級的導師也沒有參加，早知如此，我當初應該拒絕。

妳猜對了，我演野獸，而且是帶問號的野獸。其實我更想演普通的野獸。

亞美演美男子？不，並不是。一個瘦瘦的男生演美男子的角色，亞美演美食公主。妳慢慢搞懂了？大概是這樣的劇情。

很久很久以前，有一個愛美食的公主。公主位在深山的城堡內每天晚上都會舉行派對，派對上有來自世界各地的美食。

有一天晚上，有一個老婆婆來到城堡。老婆婆飢腸轆轆，向公主乞食，說只要給她剩下的食物就好。但是，貪婪的公主斷然拒絕說：「與其送東西給妳這種人，還不如我自己全部吃光。」老婆婆一怒之下說：「既然這樣，就讓妳變成把這些食物全都吃光的樣子。」然後在公主身上施了魔法。公主頓時胖得像豬一樣。

我就是演那個角色。服裝是和亞美相同的禮服，只是尺寸不一樣，但完全沒有頭冠、化妝，第一句台詞就是「啊，我該怎麼辦？我胖得像豬一樣，根本活不下去了。」

小乃，妳怎麼沒笑？妳應該很喜歡才對。

太超過了？雖然妳說這句話完全沒有說服力，但的確沒錯。

我為什麼沒有提醒他們？我看劇本時的確很生氣，但又覺得沒必要為文化祭的搞笑劇生氣……當然，如果對其他學生說的台詞太傷人，我會提醒他們修改，但並沒有這種狀況，所以我覺得沒必要太計較。無論是自己讀書的時候，還是自己當老師之後，在演戲的時候也經常把老師禿頭或是個子矮之類的事拿來搞笑，所以自己為這種事生氣似乎太幼稚。

繼續說下去？在巫婆留下的黃色玫瑰花花瓣全部掉落之前，如果無法順利瘦下十公斤，之後無論再怎麼努力，都會胖一輩子。

城堡裡的僕人都變成了肥豬，如果公主不瘦下來，他們也會胖一輩子。如果他們找胖的同學來演那些小豬，我應該會勸阻他們，但並沒有發生這種情況，都是一些瘦瘦的、在班上很受歡迎的同學，即使戴上豬耳朵的髮箍和豬鼻子的鼻套也很可愛。當他們說「真傷腦筋噗，公主加油噗」時，會引起一陣歡呼，但公主已經放棄努力，整天繼續吃。

有一天，一個迷路的美男子來到城堡。其實他是一個舞蹈家，公主愛上了他，於是就在僕人的協助下勤練舞蹈。

麥可．傑克森？小乃，妳還真落伍，日本的舞蹈家也不遜色，也有很多團體跳那種勁舞，而且最近的年輕人只要稍微練一下，就個個跳得有模有樣。

他們並沒有指望我可以跳得好，亞美說：「老師，妳只要隨便跳一下就好。」因為那樣反而更好笑，但我想爭一口氣，我覺得讓自己在某一個場景看起來很帥氣也沒問題，於是我就偷偷練習。

而且，也許這種想法真的很幼稚，或者說身為老師說這種話很失職，但亞美不會跳舞。亞美其實更適合和班上其他受歡迎的女生一樣演僕人，但她之所以選了公主這個角色，就是為了避免被人知道她不會跳舞這件事，當然，她對自己的臉蛋也很有自信。

所以我想給她一點顏色看看。

我怎麼可能在家練習？小乃，妳讀中學時有沒有去過學校的頂樓？我在當老師之後，巡邏時第一次上頂樓，各個樓層的樓梯口不是都有鏡子嗎？就是角落用白色油漆寫著「注意儀容整潔」的那種老舊鏡子，頂樓的門旁也有一面這樣的鏡子。

因為頂樓都關著，所以不會有人上去。相反地，如果被人看到上頂樓，就會懷疑去抽菸或是霸凌別人，基本上不會有人上去。雖然放學後很難說，但沒有人會一大早去那裡。我認為那裡是練習跳舞的絕佳地點。

沒想到第二天也有人去了那裡。那個人就是吉良有羽。

她去那裡的目的和我一樣，也是去練舞。她覺得舞蹈社的練習不夠充分，很早之前就常來這裡練舞。

而且，她說已經看我跳了一會兒，我完全沒有發現。她對我說：「我也會跳，我們一起跳」時，我之所以沒有拒絕，是因為我相信無論我跳得再差，有羽也絕對不會笑，或是告訴其他同學。

比起看著手機小螢幕跳，我覺得和有羽面對面跳進步可以更神速，而且她為了示範給我看，會用左右相反的動作跳舞，還會向我提出建議，陪我練了三天。

我在教室和班上的同學彩排時，當然假裝自己不會跳。

表演當天……

情況怎麼樣？觀眾覺得很滑稽，引起了哄堂大笑。我們班得了冠軍，還得到了最佳表演獎。

我的心情？完全被打敗了。用眼睛看文字和出聲讀出來完全不一樣，自己罵自己卻嘿嘿笑起來，我很難過，覺得沮喪到了極點。

跳舞？應該順利跳完了，但我幾乎沒有記憶。差不多演到一半時，我腦筋就一片空白，費了很大的力氣才能站在舞台上。最後舞台變暗，換亞美上場，我走下舞台時幾乎快吐出來，趕緊衝進教職員廁所。

不，我沒有嘔吐，只是乾嘔而已，但眼淚不停地流。

我走出廁所，在洗手台前一看，發現自己雙眼又紅又腫，根本沒辦法回體育館，教職員辦公室也有好幾個人在待命，所以沒辦法回去。我忍不住想，如果我是教美術或是家政，就可以在這種時候去專用教室，但最後還是決定去頂樓的樓梯口。

我立刻感到後悔，因為從鏡子中看到了自己穿著廉價禮服難看的樣子。我想要逃走，但救世主出現了。

男朋友？不是，那時候他還沒來我們學校。

是吉良有羽。

我們來一起吃。她對我說完之後，把甜甜圈從塑膠袋裡拿出來遞給我。裡面有兩個甜甜圈，我知道那次文化祭時，學生設攤賣甜甜圈，還知道很受好評，很快就賣完了。

所以我問她：「妳好不容易買到，給我吃沒問題嗎？」有羽一臉自豪地說：「老師，妳不知道嗎？這是根據我媽媽提供的食譜做的。」於是我就放心接了過來。

雖然甜甜圈已經冷了，但口感很脆，而裡面很蓬鬆，很好吃。那是我這輩子吃過最好吃的甜甜圈。每吃一口，就覺得肩膀的力量放鬆，腦袋也放鬆了。

這時，我猛然想起，文化祭還沒有結束。我當然也對有羽這麼說，她笑著說：「公布校花的結果和我沒有關係。」但因為有各種不同的項目，我認為有羽可能會在某個項目中獲選。

有沒有舞蹈方面的項目？我問有羽，有羽回答了我。

——應該沒有，但如果有的話，老師應該會被選上。因為妳剛才超帥，現場歡呼聲不斷，我周圍的同學，無論男生還是女生都大叫著超猛、超猛。

我認為有羽是特地來告訴我這件事，以及接下來的那句話的。有羽還沒有吃自己的那個甜甜圈，她拿在手上，看著中間的那個洞說。

——老師，我覺得胖是一件幸福的事……開玩笑啦。

然後她三口就吃完了甜甜圈，站了起來。

——搞不好我會被選為運動高手，我去看看。

我揮手送她離開。我並沒有向她道謝，因為我覺得她並不需要我的道謝。

——也可能是廚藝高手。

——有可能。

她笑著回答後，以驚人的速度衝下樓梯。最後她好像在「超有型女生」的項目中獲得了第一名。雖然這個項目有點奇怪，但聽說正當大家因為有羽沒有上台而竊竊私語時，有羽跑上台，還翻了一個後空翻，可見真的不是作弄她，而是真的被選為超有型女生。

她是很特別的女生，也是我的救世主，我很希望自己也能夠像她一樣。這是我第一次對年紀比我小的女生，而且是對學生產生嚮往和尊敬。

好，結束了。我不會再談任何有關有羽的事。

會做好吃甜甜圈的媽媽？小乃，妳是不是打算接受媒體採訪？如果妳和媒體站在同一陣線，我真的會打妳。即使因此丟飯碗，我也無所謂。

因為那些記者寫的都是謊話，無論我再怎麼真心誠意，說得再清楚詳細，只要不符合他們想要的故事，他們就充耳不聞，而且還會問什麼是不是可以這樣解釋，扭曲成完全相反的方向。即使清楚告訴他們不是那樣，也會被寫成是為了掩飾什麼而否認。

他們寫報導只是為了譁眾取寵，比文化祭表演的惡搞更不如。

怎麼樣？小乃，妳就把話說清楚。

和媒體沒有關係？是妳的老同學？……妳該不會是說橫網？在被媒體搞得亂成一團時，我姊姊曾經打電話給我。

——妳是橫網女兒的班導師？妳也見過橫網？

我不知道我姊姊想說什麼，我當時根本沒空理會她，所以就隨口回答說，可能有見過，但我不記得了，然後就掛上了電話。

原來橫網是有羽的媽媽，難怪我姊姊會在那時候打電話給我。這下子我終於知道她為什麼把我的電話告訴妳、聊新娘美容的事，以及積極安排我和妳見面了。

我對橫網小時候有模糊的印象。雖然沒有和她說過話，但大致知道她長什麼樣子，因為我姊姊常嘲笑我說：「如果橫網是橫網，那妳就是小結。」

原來她是妳們的同學，八成是妳常罵她胖子或是豬，我姊姊在一旁跟著起鬨，結果反而變成我姊姊最壞。

妳說之前在電話中問我時，我真的沒有發現嗎？妳不要因為我的問題對妳不利，妳就用其他問題來搪塞。我怎麼可能發現？我和有羽的媽媽吉良太太見面的次數一隻手就可以數得完，我對她完全沒有印象。

我以前對橫網的印象是她很陰沉土氣，是不起眼的胖子，但吉良太太很開朗，很時尚，看起來也很溫柔，而且並不是胖子，只是有點豐滿而已。

啊，但是……

妳不要馬上露出這種「我就在等這一刻」的表情，這和有羽自殺的事沒有關係。

雖然是一件很微不足道的事，但有羽在讀一年級時，在運動會上曾經讓和她一起兩人三腳的男生受了傷，但其實只是輕微的撞擊和擦傷而已。有羽也向對方道歉，當事人也完全沒放在心上，只是學校規定必須向雙方家長報告。

雙方的家長都來參加運動會，彼此也認識，所以有羽的媽媽吉良太太當場道了歉。受傷的男生家長笑著說，對不起，我家的孩子太瘦弱了。但吉良太太真的感到非常抱歉，還頻頻向我道歉，甚至特地寫了道歉信，帶了慰問品去對方家裡。

那時我曾經想，吉良太太雖然目前看起來很幸福，但可能曾經經歷過不得不比別人更敏感察覺周圍氣氛的時期。如果妳們是她以前的同學，顯然曾經嘲笑她，她的日子當然會過得膽戰心驚。

我想是因為妳以前曾經欺負橫網，也就是吉良太太，所以看到她現在被媒體修理，所以想幫助她嗎？

妳到底有什麼目的？純粹只是好奇？……不，等一下，妳一開始就該告訴我有羽是妳的老同學橫網的女兒，但妳說曾經見過有羽，是不是單獨見面？

我為什麼沒有馬上聯想到妳曾經見過有羽……

為什麼突然打斷我？不是那樣？我的話還沒說完。

妳真的沒見過她？……好痛。妳倒是把話說清楚，到底是怎麼回事？如果妳敢說謊，我就不是拍桌子，而是直接打妳了。

星夜對妳說了一些事，讓妳很在意？星夜，妳是說堀口星夜嗎？他是有羽的同學，他就是我剛才提到的，在兩人三腳時受傷的男生。妳怎麼會和他有交集……喔，原來他爸爸是妳的老同學。妳剛才說在意的事是什麼事？

在有羽自殺前不久，星夜在東京巧遇有羽，有羽說她退學的原因是「老師」。所以妳對我說了謊，避免我在說話時掩飾對我自己不利的部分。但是，如果妳一開始就說清楚，我馬上就可以說出妳要的答案。

那個老師是指有羽讀高中時的班導師，我這麼認為。如果妳答應我，會把和她談話的內容告訴我，我可以安排妳們見面。

妳馬上拜託我為妳安排，代表妳並不認識那所高中的人。我瞭解了，我會通知妳。

小乃，我可以在最後問妳一個問題嗎？這個問題和有羽無關。

妳成為整形外科醫生，應該不是像某本書上所寫的，「我認為所有女人都有平等享受美麗帶來幸福的權利」，而是害怕有朝一日，自己不再漂亮吧？

我為什麼會有這種想法？因為我姊姊在意自己肥胖這件事，已經到了不尋常的程度。我覺得她根本是感到害怕，就連對失智症的奶奶說的話也會有過度的反應，導致情緒抓狂。所以我在想，姊姊是否因為自己之前一直很瘦而得到了某些幸福？因為她老公在她瘦的時候愛上她，所以她是不是擔心自己一旦胖了，她老公就會討厭她，會失去幸福的家庭？

很多事都可以類推，像是靠金錢得到幸福的人，就很怕失去金錢。

美麗帶來幸福……只有像妳這樣知道自己是美女，而且知道憑自己的美麗得到了幸福的人，才能夠坦然說這種話。但是，每個人都會老，也可能遭遇意外的事故，妳是不是希望屆時能夠自行解決……

原來妳老公不是喜歡妳的臉蛋，所以都是我胡思亂想嗎？妳除了漂亮以外，還有很多天賦。

啊，妳以前罵我是豬，我還以為可以有機會以牙還牙。

我現在完全不怕自己變老、變胖或是失業，當然也不怕變瘦，因為我男朋友並不是喜歡我胖。

所以，我應該比妳幸福。

即使我這麼說，也沒什麼可得意的。但是，我要在最後酸妳一下。

小乃，妳當初選擇結婚對象，是不是要找並不是因為妳的臉蛋才喜歡妳的人？但是，也許妳一輩子都無法知道妳老公的回答是不是真心。更何況當美女問，你喜歡我哪裡？很少會有人傻到回答說，我喜歡妳的臉。搞不好妳和這麼回答的人在一起會更幸福。

對喔，難怪有羽會痛恨逼自己瘦下來的人……

第五章——甜美的呢喃

妳好，我叫柴山登紀子。

我之前從來沒有拜讀過妳的大作，但因為要和妳見面，所以前天臨時抱佛腳，看了兩本妳寫的書。我之前就知道妳是整形外科名醫，以為妳的書都在大力推崇整形，但後來發現還有介紹淋巴按摩、不仰賴營養補充劑的飲食生活這種，要怎麼說，就是不仰賴科學力量的美容書籍，所以為自己只憑對妳的感覺就對妳的大作敬而遠之感到羞愧。

我是第二次來這家中餐館。我記得是前年舉辦了一場本市高中英語老師的聯誼會，當時就是在這家餐廳舉辦。原本以為中餐都是又鹹又油，所以其實我不太想參加那次的聯誼會。

中餐還分廣東菜、四川菜、北京菜、上海菜，無法一概而論，但我搞不太清楚其中的差異，尤其這種鄉下地方的中餐館，一定都是用大盤子裝了使用大量化學調味料的高熱量熱炒吧。

但是，聯誼會的目的不是吃飯，重點在聯誼。我們學校有五名英語老師，因為這家餐廳新開幕，大家都很期待，我不好意思潑冷水，就決定一起來參加。同事都知道我的胃口很小，可能有人竊喜，覺得自己可以多吃點。

沒想到走進餐廳後大吃一驚，讓我瞭解到成見有多沒用，我差一點錯過了美好的機會。

橘醫生，妳以前來這裡用過餐嗎？

如果妳也曾經來過，就不需要我向妳說明了。即使妳當時點的菜和我上次來的時候不同，也不影響妳瞭解這家餐廳的美好。因為我相信每一道菜都使用了嚴格挑選的食材和能充分運用食材的烹飪方法。

而且份量也剛好合我的意。我已經好幾十年沒有一口不剩地吃完套餐了，也許是從學校畢業之後，第一次全都吃完。

我說好幾十年太誇張了？醫生，妳不需要對我奉承，我比妳年長七歲，擔任教師已經四分之一個世紀了。

早知道應該約在晚上，就可以點套餐？不必那麼費心，更何況和第一次見面的人一起吃套餐會緊張。即使菜很好吃，和不知道是不是合得來的人吃飯只會造成痛苦。

而且我之前不知道這家餐廳也有飲茶。對了，真不好意思，都是我一個人嘰哩呱啦在說話。我們來點菜吧。

蘿蔔糕。醫生，應該就是港式飲茶中的那種蘿蔔糕。普通的蘿蔔糕都會放臘腸，但這家餐廳應該會放什麼特別的東西。

腸粉就是米粉皮包的捲餅，但裡面通常都是包魚或肉那些像是菜餚的食物。春捲也是捲餅，通常都是包肉和蔬菜。

現在是下午茶的時間，是不是點甜食比較好？啊喲，原來背面有日文說明，還有甜點特色套餐，我們來點這個。

不，我沒學過中文，但可以大致猜到主要的菜色。以前去美國留學時學的。已經是二十七年前的事了。說出來之後，才發現歲月真是可怕。我在大二和大三的兩年期間，曾經去波士頓的大學當交換學生。我讀的是外語大學，所以在合作的大學取得的學分可以換算為畢業的學分。因為讀四年就可以順利畢業，我就申請了交換學生。

大學附近雖然有日本餐廳，但我住的學生公寓在郊區，從學校搭公車要一個小時，根本沒有日本餐廳，只有零星幾家老酒吧和漢堡店，但即使那種地方也有中餐館。我覺得中國人很厲害，世界各地都有中國人。我出國旅行的次數兩隻手數得完，即使去自認為很偏僻的地方，也可以看到中餐館。

同一所大學去的六個留學生都住在那個學生公寓，男女各三個人，除了我以外，都是很引人注目、很懂得社交的人。雖然之前讀同一所大學，但在日本時，我不可能和他們成為朋友。

但是身處異國，情況就不一樣了。同是日本人這一點，就好像變成了親戚，或者是共同體這種在生活中理所當然會相互幫助的關係。在日本的時候，即使再好的朋友之間也不會直接叫對方的名字，但一起搭上飛機，別人就叫我登紀子。一入境就馬上簡化為登紀。

雖然彼此關係很好，但三餐都是各自在公用廚房煮食。剛去不久的時候，學校生活就讓人筋疲力竭，只要有人提出：「要不要去KIMIKO？」大家就會一起去那家中餐館。

那家餐廳名叫「KIMIKO Restaurant」，妳是不是也以為是日本餐廳？我們第一次去的時候也這麼以為，還為附近就有日本餐廳感到高興，但一走進餐廳就馬上知道搞錯了。不知道是因為紅色圓桌中間有一個轉盤，還是牆上掛毯的圖案，或是餐廳內的味道。不，應該是店員用中文招呼我們吧。

雖然有點洩氣，但包括我在內的所有人並沒有太失望。對單身生活的大學生來說，平時吃中餐的次數超過日本餐。

我們坐下後翻開了菜單，發現上面寫滿了漢字。雖然是在美國，但完全沒有英文的說明。也許我們向店家要求，會有英文的菜單，但我們都沒有想到這件事，而是把菜單放在圓桌正中央，幾個人把頭湊在一起，看著漢字想像是什麼菜。

是麵還是飯，是肉還是海鮮？雖然最後所有人都點了麵，但到底是炒麵或是湯麵，是甜的還是鹹的？我點了有一個米字的海鮮麵，結果送上來的是米粉版的什錦麵。有人點到了寬扁麵，也有的發現來的不是湯麵，而是拌了醬汁的拌麵。沒有任何人點到符合自己想像的麵，但反而很有樂趣。

之後我們就像猜謎一樣想像可能是什麼菜來點菜，從中慢慢學習，漸漸能夠點到自己想吃的東西，但反而覺得很沒意思。

然後有人發現，那家餐廳在星期天上午有飲茶。發現這件事的同學叫久美，在我們六個人中個性最活潑，也最早結交到當地的朋友。美籍華人男生約她星期天早上一起去做禮拜，禮拜結束後邀她一起去KIMIKO飲茶。

下個週末，除了久美以外的五個人立刻去了那家餐廳，久美受上個星期約她的那個男生邀請去了他家，我記得那個人姓張。總之，我們去餐廳後，沒有人可以告訴我們菜單上的菜是什麼味道，但因為我們已經知道平時的菜單，所以大家都以為應該可以在某種程度上猜出來。

結果完全猜不透，簡直到了令人發笑的程度。

我平時沒有吃早餐的習慣，菜單上有「粥」這個字，裡面好像有堅果，看起來很好吃。我吃了一口，沒想到很甜。我並沒有想到是甜的，所以大腦可能被嚇到，思考暫時停止了。

大家都一臉好奇地看著我，不知道發生了什麼狀況。我默默把那碗粥放到正中央，有趣的是，其他四個人也依次露出了相同的反應。沒有人說「甜」這個字，但個個都瞪大了眼睛，發出「嗯」的低吟聲。我猜想他們被槍指著的時候，也會有相同的反應。

幸好我們從來沒有遇過這種事。不好意思，我的比喻太嚇人了。

粥出乎意料的甜，原本以為是甜的餅卻要沾醬油吃，原本以為是肉包子，裡面卻包著從來沒有吃過的紫色芋頭餡，比第一次吃麵的時候更驚訝，那也是一次愉快的經驗。

之後我們也慢慢瞭解了飲茶，即使不看說明的內容，也能夠點到自己想吃的食物。

第一道點心送上來了，是小籠包啊。裡面是紫色的，該不會是芋頭餡？那我就開動了。果然是芋頭。有淡淡的甜味，熱熱的，感覺心情都平靜下來了。

明明我今天來這裡之前，已經作好了和妳吵架的心理準備。

妳打算向我打聽吉良有羽的事吧？應該沒有人認為我在這件事上有愉快的回憶，因為大家都認定是我把有羽逼上了拒學這條路。

有羽死了之後，有人看到我仍然在當老師，就罵我死皮賴臉、沒有人性，罵得很難聽。大部分都是在網路上謾罵，我猜想其中有人根本沒有見過我或是有羽。

我之所以沒有辭職，是因為我相信自己並沒有做錯。有羽的死對我打擊很大，我也很後悔。

但這並不是因為我曾經督促有羽要瘦一點，或是再三要求有羽的媽媽注意她的飲食管理。在這件事上，至少在這一件事上，我可以斷定自己的行為很正確。

我相信妳聽過「neglect」，也就是忽視這個字。我雖然沒有看過妳上的節目，但知道妳在新聞節目中擔任評論員。

如今已經變成了家長放棄育兒，不給孩子吃飯，導致孩子餓死的新聞不再稀奇的悲慘時代，但如果情況相反，只要給孩子吃就好了嗎？不考慮營養和份量，就像養家畜一樣只要餵食，讓孩子越來越胖就好嗎？我相信如果是養家畜，還是會妥善地做好飲食管理。

但是，這種個案也的確比較容易指導。

橘醫生，妳有不喜歡吃的食物嗎？

麻薏和紅鱒？是魚類的紅鱒嗎？……即使討厭這兩種食物，也不會對日常生活造成影響，所以等於沒有吧。

有些店家會用紅鱒冒充鮭魚？的確是，我曾經吃過一次富山的紅鱒壽司便當，我覺得能夠分辨出紅鱒和鮭魚的人才厲害。

妳吃了之後會產生輕微的蕁麻疹？如果是這樣，問題就很嚴重。很抱歉，我剛才竟然說等於沒有不喜歡的食物這種不負責任的話。對了，我們剛才在說什麼……？

我討厭吃起司，但並不是因為會引起過敏。營養午餐時吃到又硬又乾的長方形起司時，無論在嘴裡咬多久，都無法吞下去。那時候班上除了我以外，還有幾個同學也都不敢吃起司。那麼小一塊起司，無論吃下去或是剩下來，應該都不會對健康造成太大的影響，但當時學校規定必須把營養午餐全都吃完。

那時候，只要被同學看到偷偷把起司藏在口袋裡，就會受到比考試作弊更嚴厲的斥責，但現在已經不一樣了。

如果討厭起司，可以喝牛奶補充鈣質。如果不喜歡乳製品，可以吃小魚乾補充。醫生和營養師等專家都在電視上說，勉強吃不喜歡的食物反而會對心理造成負面影響。

我並不反對這些意見，甚至希望在我小時候，也有專家這麼說。但是，最近的家長聽話只聽一半，只聽到不必給孩子吃他們討厭的食物，但並沒有用其他替代食物為孩子補充營養。

難道是因為習慣了手機的簡短對話，無法一下子理解長文，所以只截取對自己有利的部分嗎？

如果你好好讀書，就可以進某某大學。不小心對學生說這種話時，當學生收到不合格通知，家長就會來學校投訴。老師，妳不是說我的孩子可以進某某大學嗎！越是不讀書的學生家長，越是會說這種話。算了，不說考大學的事。

不強迫孩子吃他們不喜歡的食物，這個問題還不算太嚴重。即使不刻意用替代食物補充營養，也會在飲食生活中自然攝取，問題是有些家長不勉強孩子吃不喜歡的食物以外，還變本加厲，只給孩子吃喜歡的食物。

如果孩子喜歡吃各種不同食物的話當然沒問題，像是喜歡吃使用了三十種食材的湯或是沙拉的話，我完全沒有任何意見。但如果不是這樣，而有可能因此造成不健康狀態時，這已經無法稱為提供飲食，我認為可說是虐待了。

說得更直截了當、更清楚一些，如果每天晚上給孩子吃一公斤麵粉做的甜甜圈，根本是異常行為。

真希望那些講到他人肥胖的問題就抗議胖有什麼不好的人，好好思考一下那個人肥胖的原因。

即使是認識有羽的人，也希望他們不是憑著記憶中對有羽的印象，而是瞭解有羽當時的狀況之後再發言。和我聯絡的是結城老師，我不知道她是不是在結婚之後改了姓氏，但總之是有羽在中學時的班導師，可見妳也已經和她見了面。

她沒有責怪我嗎？沒有責怪我逼有羽減肥？

妳不需要擔心，如果我沒有充分的心理準備，聽到這種聲音就感到害怕，當初就不會付諸行動。

我剛認識有羽的時候，也就是她剛進高中那時候，我根本沒有擔心她。

沒錯。我從一年級開始就是她的班導師。她的確很胖，她走進教室時，因為學號排列的關係，所以坐在第二列第一排的座位，我一眼就看到了她。但還有比她更高大的男生，最重要的是，她的眼神很明亮，讓我身為一年級的班導師感到很新鮮，完全沒有絲毫的擔心。

在選班幹部時，有羽自告奮勇說要擔任體育股長，我覺得很驚訝，但看到和她同一所中學的同學一臉理所當然地點頭，我就沒有插嘴干涉，決定請她擔任班幹部。體育股長和班長一樣繁忙。除了協助舉辦運動會、球類比賽以外，每個星期的三堂體育課，都要帶頭跑步做暖身運動，但這些對有羽來說似乎完全不是負擔。

社團活動方面，她也很早就提出舞蹈社的申請，我還曾經在教職員辦公室看到田徑社和舉重社的顧問老師得知這個消息之後，露出失望的表情。

有一次，我在上第三節課之前提早進教室，因為是自己的班級，雖然是課間休息時間，但我還是走進了教室，看到有羽正在吃甜甜圈。學校並沒有禁止課間休息時飲食。參加運動社的學生，尤其是男生在晨訓之後，都會在這時候吃家裡帶來的便當，午間休息時去食堂吃飯，也有女生會在這時候吃點心。

但我看到有羽大口吃甜甜圈的表情太幸福了，忍不住目不轉睛地看著她，情不自禁回想自己是否也曾經露出這樣的表情吃東西。

妳能夠理解？沒錯，聽說妳很喜歡吃加了大量卡士達醬的麵包。我在所有麵包中，也最喜歡鮮奶油麵包。在以前那個年代，麵包還很像麵包。

對不起，我用了這麼奇怪的比喻。有羽抬頭和我四目交接時，可能覺得我臉上的表情看起來像很想吃甜甜圈，於是她把手上的甜甜圈吃完之後，單手拿起放在桌上的保鮮盒走到我面前，遞給了我。

老師，這個請妳吃。

保鮮盒內墊了一張圖案很可愛的廚房紙巾，裡面只剩下一個甜甜圈。因為我當時並不餓，所以在道謝後婉拒了。剛好在附近的男生立刻說：「那給我吃。」然後就把甜甜圈搶了過去，兩口就吃完了。

太好吃了。那個男生露出陶醉的表情，旁邊的女生一臉惋惜地說：「老師，太可惜了。」我忍不住有點後悔。一問之下才知道，有羽媽媽做的甜甜圈曾經成為中學文化祭上的搶購商品。

如果我當時對有羽說，早知道應該收下，或是說，下次可以在午餐時間問我嗎？也許我會有機會吃到她媽媽做的甜甜圈，但我不擅長說這種話，所以也就失去了機會。如果我曾經吃過一次，也許能夠稍微體會有羽的心情。

如果說我不曾有過這樣的後悔，當然是騙人的，但我也曾經吃過手工製作的美味點心。我現在幾乎不吃零食，在別人眼中，我的體型算太瘦了，所以很容易遭到誤會，以為我不喜歡吃甜食。

不瞭解胖子的心情。

心靈貧瘠，無法瞭解美食帶來的幸福。

人生過程中，有時候必須藉由甜食才能夠走過某些關卡。

只瞭解現在的我的人都會說這些自以為很瞭解狀況的話，但是說這些話的人難道沒有體會過，體重可以輕易增加，也可能一下子暴瘦。目前很瘦的人未必一輩子都很瘦，現在很胖的人也未必一輩子都很胖。胖瘦是身體特徵中最不確定的要素。

哇，下一道點心是什麼？米粉做的外皮裡面包著黃色的餡，然後好像用什麼湯汁煮過。原來是南瓜餡，用蝦米高湯煮一下。會不會感覺有點像關東煮？不好意思，我說關東煮，好像一下子變得很寒酸。

妳能夠理解？妳問我其實是不是很愛美食？

沒有什麼其實不其實，我應該從來沒有對妳說過，我不喜歡吃東西。

我認為吃是對生存最重要的行為，正因為這樣，我對這個行為充滿敬意。人通常都會在犯錯之後，才會發現這些重要的事。

橘醫生，我給妳看一樣東西。也許在網路上公開，可以減少一些對我的批評，但我並不希望那些人瞭解我。我希望妳能夠瞭解我。

請看……

對，就是我。就是我剛才和妳稍微提到的，去美國留學後的照片。黑框眼鏡不是很有那個年代的感覺嗎？是比現在胖七公斤，體重五十公斤時的我。不是因為經常去那家中餐館導致發胖，而是我從高中時開始，就差不多是這個體重。

因為我運動能力很差，所以社團活動參加了ＥＳＳ，也就是英語研究社，但我每天上下學都要騎很長一段距離的腳踏車，假日時也會和朋友一起去看電影，所以也算是經常活動身體。雖然當時並沒有約會的對象。

看妳臉上的表情，似乎想問，那又怎麼樣？那再請妳看這張照片。

兩張照片是同一個人，都是我。這是一年半後，我體重增加了一倍的樣子。

為什麼會變成這樣？二十歲的女生突然暴肥的原因很有限，而且是其中最常見的原因。那就是失戀。

我們同一所大學去留學的六個人感情雖然很好，但有一個女生最早交到男朋友，不，因為她同時有好幾個這樣的對象，所以應該不能算是男朋友。沒錯，就是告訴我們那家中餐館有飲茶的久美，她結交了很多當地的朋友，所以英文進步很神速。

我們六個人中沒有人曾經有在國外生活的經驗，大家的文法都很好，但口語能力不太理想，就是典型的日文留學生，但久美好像一下子超越了我們好幾步，我覺得這樣下去不行。

因為經濟的理由，我的父母原本就反對我留學。我的成績並沒有很優異，無法減免學費、領取獎學金，所以留學費用全都要自己準備。在那個年代，對外地的普通家庭來說，很多家長對於女兒讀四年制的私立大學都會面露難色。光是讓女兒讀大學就已經很吃力了，根本不可能籌出留學的費用。

但我認為只在日本讀書，就像是讀高中的延續。如果能夠提升英文口語能力，日後找工作時可以成為很大的利器，而且我也希望之後能夠去可以外派到國外的公司。

我到東京讀大學時，覺得之前在鄉下小地方生活了十八年，對自己的人生只有負面影響。

雖然現在已經想不起來當時為什麼會有這種挫敗感，但可能是我在複雜的地鐵內迷路，在擠滿人的電車內暈車，茫然地看著高樓時不小心撞到人，聽到對方不耐煩地咂嘴，以及自認為在自動步道上走得很快，卻聽到別人嘀咕一句「別擋路」後超越我的時候。也許是因為這種微不足道的事造成的。

當時的我無法理解，為什麼住在生活不便的鄉下地方的人走路會比住在方便的東京的人更慢，還曾經傻傻地覺得難道是因為鄉下人的飲食是以白米和地瓜為主，都市人都吃肉的關係嗎？

在去一百公尺外的便利商店都習慣開車之後，我才終於理解，但在認真思考之後，還是覺得很奇怪。我在高中畢業之前沒有駕照，也不像現在的孩子一樣，即使住得離學校很近，父母也都會開車接送。

事到如今，這種事已經不重要了。

總之，我希望自己有開闊的視野。只有去國外留學，才能夠追上以前在鄉下地方落後的進度。

雖然我借了獎學金，但我向父母保證，絕對會自己賺錢償還，還說成人式時不需要幫我買振袖和服，也不需要他們出婚禮的費用。雖然我父母很擔心美國的治安，認為我可能會挨子彈，但我把學校發的留學生經驗談小冊子影印後寄給他們，他們才總算點頭答應。

但是，我不能沒有任何收穫就回去。說起來，我算是怕生的人，但為了結交朋友，我積極參加本地學生的聚會。

即使不像在日本讀大學時一樣加入小團體，那裡也有很多任何人都可以參加的活動。在校舍一樓的布告欄上會公布保齡球、網球和野餐的活動公告，想要參加的人只要在那張紙下方留下自己的名字就好，有些甚至不需要留下名字登記。雖然有些活動有限制參加人數，但因為活動很豐富，每個週末都可以去參加某些活動。

我經常去野餐。雖然我並不是沒有聽過野餐，但妳有沒有參加過日本的野餐？

參加過？那真是太失禮了。我想起來了，令堂也很熱心舉辦各種公益活動，而且還會舉辦野餐，把一部分參加費捐給公益團體，所以一定也很積極投入這方面的事。

其實我老家住在市區，沒有這裡這麼鄉下，但和這類活動完全無緣。更何況家庭活動中，應該只有聖誕派對算是受外國的影響，而且也只是晚餐時大家一起吃蛋糕和炸雞，隔天早晨，發現床頭有父母送的禮物而已。

原本以為遠足最接近野餐的感覺，但其實不太一樣。

第一次參加時，我一身可以走山路的裝扮去了集合地點，發現有女生穿裙子和短褲。雖然和我原本想的一樣，參加者分成好幾組坐上男生開的車子，前往風景優美的郊區，但到了目的地之後，並沒有健行之類的活動。

搭帳篷、鋪野餐墊、打開桌椅。對了，有點像是烤肉派對。事實上，也有好幾次野餐時烤肉，也有時會買麵包、火腿和香腸，在那裡舉辦三明治或是熱狗派對。但野餐的主要目的似乎並不是吃，而是用一台大錄音機播放音樂，喝著啤酒和蘭姆酒加可樂聊天。

我覺得很累。我搞不懂要如何享受這種無所事事，只是在那裡聊天的活動。雖然也有人來參加野餐時一個人在旁邊看書，但我沒辦法那樣，也不太會玩飛盤。

如果規定要丟給誰，或是分隊比賽哪一隊得分高，總之有遊戲規則的話就知道該怎麼做，但大家都隨便丟，隨便接，而且好幾組人馬在玩同一個飛盤。如果沒有人丟給自己就會很寂寞，輪到自己丟的時候，又覺得要平均丟給每一個人，但又不知道之前誰接到飛盤的次數最少，玩的時候都要花心思想這些事。

沒錯，對我來說，有規定或是明確分工比較輕鬆。

如果要烤肉，我希望派我去切菜，或是負責烤肉，洗盤子也可以。但是美國人烤肉根本不吃蔬菜，都由男生負責用夾子把用醬汁醃過的大肉片放在網上，豪邁地翻肉、烤肉。

雖然時下可能會有人說，日本的男生要好好學一下，但我不知道有多少女生能夠不動手坐在那裡也不會感到坐立難安。或許會有人說，只讓男生烤肉太不公平，要讓女生來烤，但難道不能男生和女生一起烤嗎？

不好意思，我一直聊野餐、烤肉這些無關緊要的事，而且一聊就太投入了。我在那裡認識了喬治。這不是化名，他真的叫喬治。

當我坐在桌子角落對付一塊差不多像手掌那麼大的肉時，他過來問我，可不可以坐在我旁邊？然後遞給我一瓶可樂。每個人可以各自去行動冰箱裡拿飲料，但我不知道可不可以拿第二瓶，所以一直忍著不喝飲料。

我道謝後接了過來，他問我玩得開心嗎？還問我是否已經適應這裡的生活？如果想要買東西時，他可以開車載我。他說得很慢，讓我也能夠聽懂他說的話。

然後他又問我，前面的風景很美，問我要不要一起去。那不是多遠的地方，就在離烤肉的廣場走路幾分鐘的地方，有一個小山丘。我覺得那裡看到的風景也和廣場上看到的沒什麼兩樣。

但是喬治大叫著「哇噢」，用力深呼吸，然後對我露出了燦爛的笑容。我忍不住心跳加速。這是我有生以來第一次有這種感覺。我也笑著回答說：「真的很美。」我知道自己臉上的笑容很尷尬。

以前畢業旅行或是遠足的照片不是都會貼在學校的走廊上嗎？雖然沒幾張拍到我，但幾乎每一張都板著臉。如果我都玩得不開心，或是當時肚子痛也就罷了，但我覺得自己玩得很開心，而且也對著鏡頭露出了笑容，只是每次出現在照片上都看起來很不開心。

橘醫生，妳應該不太能夠瞭解這種感覺，因為妳是那種隨時都站在中央，保持甜美笑容的人。我並不是在挖苦，而是感到很羨慕。即使無法隨時都露出幸福的表情也無妨，至少希望自己在開心的時候能夠露出開心的表情。因為內心有這種願望，才會說這種話。

雖然我只是對喬治露出那種尷尬的表情，但他說我很可愛，還說對日本文化有濃厚的興趣，想和日本人當朋友。只不過日本人都經常只和日本人在一起，他不知道該如何加入，所以看到我去參加野餐很驚訝，也發自內心感到高興。

——妳願意和我當朋友嗎？

他向我伸出一隻手，因為有點像當時日本很流行的告白節目，讓我覺得很害羞，但如果只是當「朋友」，就沒什麼好猶豫的。當我和他握手時很緊張，他應該全都看在眼裡。

即使這樣，我仍然覺得很開心。

並不是只有週末有這類活動，非假日的晚上也會聚集在酒吧裡喝酒，或是開車去兜風。不久之後，喬治經常開車單獨帶我去玩。

我完全沒想到會在留學期間交到男朋友。喬治是白人，一頭明亮的栗色頭髮，有一雙深棕色的眼睛，可惜鼻子有點朝天鼻，但在我眼中，他就是白馬王子。

除了我愛妳，他還對我說了很多日本男生羞於啟齒的話。可愛、迷人、東方美女。登紀，妳是我的女神。

我的英文也有了進步。這應該是唯一的優點。

我們不可能每天都去酒吧，喬治也有很多報告要寫，於是我們決定每個星期見兩次面。喬治是法律系的學生，他說以後想當律師。

他理所當然會說英文，讀大學是為了培養更多技能。日本醫學系和法律系的大學生，應該有很多人比我的英文口語能力更強。

即使在思考這些事的時候，也完全不會有自卑感，更覺得喬治很出色。戀愛很盲目，這句話說得太好了。我覺得這個世界簡直就是為了我和喬治而存在，當時我已經在思考跨國婚姻的事了。

比方說，要如何說服父母。

但是，這個世界終究不是只有我們兩個人，而且我周圍也有日本人。住在同一個公寓的六個日本留學生難得一起去KIMIKO，大家都稱讚我的英文進步神速，我也自以為了不起地對他們說教，說整天和日本人混在一起不會有進步。即使是這樣，大家也都說我變開朗、變積極了。

除了久美以外，另一個女生叫文嘉，她們也都說我變漂亮了。其實我只是拿下眼鏡換成了隱形眼鏡，稍微修了眉毛，開始吹頭髮，只是高中生程度的打扮而已。

她們還說我的笑容變可愛了。

我們翻開已經可以想像是什麼菜色的菜單，點了很多適合配啤酒的菜。那天晚上我和大家一起笑得很開心，隔天早上，下巴都有點痛。

但是，不出一個星期，久美一臉嚴肅的表情來敲我的房間門。

她說她聽到了有關喬治的負面傳聞，他到處向日本留學生搭訕，玩膩了之後就無情地拋棄。聽說他還厚顏無恥地說，即使日本女生想吵架，也沒辦法說清楚。

妳覺得腦筋不清楚的女人這種時候會怎麼想？

答對了。不愧是橘醫生，想必妳曾經見過許多這樣的女人。

我不一樣。他是真心愛我。

久美好心來向我提出忠告，我卻對她說了一些很難聽的話，叫她不要因為我結交了白人男朋友嫉妒我，也不要因為我的英文發音進步了就想扯我後腿。

久美不是生氣，而是感到無奈。

但是，不到一個月之後，我就知道她的忠告完全正確。文嘉報名參加了另一個活動，她不敢一個人去，找我陪她一起去。聽說是在某個有錢人的家裡開轟趴，我覺得應該很好玩。

那次活動不需要繳活動費，但每個人都要帶一道菜。我們決定在公寓做壽司捲帶去。那時候剛好很流行加州捲。

文嘉預料到可能會用到，所以從日本帶來了海苔、葫蘆乾和壽司捲簾。因為我沒有這些材料，所以提出由我來煎蛋。雖然我的廚藝不精，但高中時曾經自己做便當，對煎蛋很有自信。

我們帶著食物去參加派對後大吃一驚，因為總共差不多有將近一百個人參加。我們把裝了壽司捲的保鮮盒交給了擔任幹事、負責接待的女生，那個女生興奮地說：「太神奇了！」那次只有我們兩個日本人。

我也不太瞭解那個轟趴是怎麼回事，雖然我在日本曾經受邀去參加過生日派對，那一次有主角，在那個同學和同學家長的主導下，大家一起唱歌、吃蛋糕、玩遊戲。但那個轟趴上找不到這樣的對象。

擔任幹事的女生都戴著可愛的帽子發飲料，要我們好好玩，於是我知道，這似乎也和野餐一樣，只是吃吃喝喝聊天的聚會。

剛好有一群人在外面的陽台上玩撲克牌，於是我和文嘉就加入了他們。文嘉是為了結交當地的朋友而參加這個派對，卻和我形影不離。

那時候剛好在玩抽鬼牌。幸好我也會玩。除此以外，也玩了吹牛、翻牌遊戲，就像畢業旅行的晚上一樣很好玩。

那天晚上的料理也是香腸、馬鈴薯、三明治這些野餐常見的料理。我們的壽司捲很受歡迎，也可以盡情喝飲料。五彩繽紛的桑格利亞酒很好喝，裝在很大的碗裡。

飲料喝多了就想上廁所。文嘉玩得很投入，和其他人也混熟了，於是我就一個人去上廁所。有人醉倒在一樓的廁所內，於是我去了二樓。

二樓很安靜，難以想像一樓那麼吵鬧。我走來走去，打開每一個房間的門找廁所，否則根本不知道廁所在哪一間。結果看到有些情侶從一樓溜上來，在二樓的房間內親熱，好幾次都覺得很尷尬。原來二樓的空間是這樣的地方。

然後就被我撞見喬治和一個白人女人半裸著在那裡親熱。我覺得眼前發黑。

喬治的反應？嗨，登紀。原來妳也來參加派對。他這麼親切地向我打招呼，我根本沒辦法走進去質問他，更何況我太受打擊，兩隻腳不聽使喚。這時，那個女人問喬治，她是誰啊。

——她是我的日本朋友。就是做壽司捲的？對啊，就是那個噁心的東西。

我沒有關門就衝了出去，沒有向文嘉打招呼就跑回公寓。文嘉對我不告而別感到納悶，但看到喬治和那個白人女人挽著手走下樓梯，似乎察覺了是怎麼回事。

但是，和接下來發生的糟糕狀況相比，這種失戀根本微不足道。

我在下個月發現自己懷孕了。因為月經遲遲沒有來。我找文嘉商量，久美不顧我之前對她那麼無禮，給了我她從日本帶來的驗孕劑。她說，我們在這裡不就像家人一樣嗎？看到驗孕劑上清楚的記號，我陷入了恐慌。

我該怎麼辦？我該怎麼辦？我該怎麼辦？

久美建議我去找喬治攤牌，說不需要一個人苦惱，對方也有責任。文嘉也說會陪我一起去，還說希望喬治可以好好和我談一談，希望喬治不是渣男。

這種時候，對方十之八九就是渣男。

他先是咂了一下嘴問，妳有什麼證據可以證明是我的種？除了你以外，我沒有和其他人發生過關係。妳有辦法證明嗎？當我陷入沉默後，他又說，妳從來沒有叫我避孕過。我還是說不出話。他又說，美國的女生都會自己準備保險套，妳自己忘了準備，根本就是妳的錯。

橘醫生，妳覺得我該說什麼？就連曾經見過很多世面的久美也只能用你是人渣、是惡魔這種抽象的話罵他。文嘉更是比我更早哭了起來。

我只能回日本了嗎？但是一旦回日本，我媽從健保卡上得知我懷孕的事，可能會殺了我，而且她會在殺了我之後，和我同歸於盡。我必須在美國解決這個問題。

但是，這並不是一件容易的事。雖然我們都以為美國在性方面比日本開放得多，但因為牽涉到宗教方面的問題，不能因為意外懷孕而隨便墮胎。

在那個年代，還無法從網路上輕鬆得到各種資訊。

久美找了在教會認識的美籍日僑幫忙，才終於順利拿掉了孩子。

雖然只是刮掉還不到豆粒般大小的胚胎，但我覺得整個身體都空了，完全無法產生任何感情，甚至完全感覺不到難過，食不下嚥，也完全不覺得餓。

啊，這次是芝麻球。好燙。橘醫生，裡面的內餡也是芝麻。即使說這些會影響食慾的話，看到美食仍然會食指大動。茶也很好喝，謝謝。

文嘉看到我越來越瘦很擔心，為我熬了粥。住在同公寓的男生似乎也隱約察覺了狀況，把從日本帶來的酸梅、香鬆放在粥旁，但我完全吃不下，勉強自己吞下去時，反而會吐出來。

大家還拿著鍋子去KIMIKO幫我外帶以前我愛吃的米粉湯、餛飩湯，但我也吃不下，只能勉強喝點水。我覺得自己餓死也沒關係。

有一次，久美從教堂回來後，為我帶了伴手禮。沒有食慾的時候，即使米飯和茶的熱氣都會讓我想要反胃，喝水時也要加冰塊才喝得下，但她帶給我的食物產生的蒸氣並沒有讓我感到不舒服。

甜甜的柔和香氣飄來，即使沒有放進嘴裡，也想要伸手摸一摸那種溫暖，想要貼在臉頰上。我接過了包在薄薄紙袋裡的點心，覺得好像有一雙溫暖的手包覆了我。當我把紙袋放在臉頰和額頭上時，淚水忍不住撲簌簌地流了下來。

我想起了媽媽的手。

媽媽是保險業務員，工作很忙，平時很少有時間關心我，但她很嚴厲，每次看到我就會數落我。當我上床睡覺後，她會走進我的房間。因為我的睡相很差，所以她會來幫我蓋被子。她為我蓋被子時，總是會摸摸我的頭和肩膀。每次媽媽進來之後，我的心情就平靜下來，不會再踢被子，一覺睡到天亮。

我認為是整個人被掏空的自己，可能渴望肌膚的溫暖。住在同公寓的同學雖然對我很好，但並不會握我的手。

我在充分感受那份溫暖之後，從紙袋裡把點心拿了出來。那是一個差不多像拳頭般大的包子，我也知道甜甜的香氣是什麼，雖然我猜想自己沒辦法吃，但還是慢慢咬了一口。

KIMIKO的芋頭餡沒有加糖，只有芋頭本身的甜味。

輕輕咀嚼著芋頭的甜味，甜味就在嘴裡擴散。沒問題，沒問題。我聽到內心發出這樣的聲音，然後就滑入了喉嚨深處。當我咬第二口時，又聽到了相同的聲音，甜甜的餡和蓬鬆的外皮一起滑入喉嚨深處，一路滑到了腹底，開始填補我身體內的空洞。

在甜甜的芋頭餡鼓勵下，第三口、第四口也慢慢填補了我的身體，我終於吃完了包子，而且還想再吃一口。不，應該是我還想受到這種溫柔的鼓勵，身體內的空洞也還沒有被填滿。

大家都很高興，久美當天就去KIMIKO，請他們除了星期天以外，也要做蒸包子。之後，每天都會有人去KIMIKO，在回家之前去拿我的包子。當我能夠自己走去KIMIKO時，這個包子已經改成了登紀包子這個名字。

我買下所有為我做的包子，每天吃十二個，半年之後，就變成了這樣圓滾滾的我。簡直就和升上二年級時的有羽一樣。正因為我有同樣的過去，所以才會對有羽發胖產生危機感。

接下來是包子！這裡是不是裝了竊聽器？但這樣的大小真可愛。這是普通的豆沙嗎？標新立意的點心會讓人有新鮮感和驚奇，但最後還是要吃這個才能滿足。橘醫生，妳喜歡有顆粒感的豆沙，還是完全沒有顆粒的豆沙？

完全沒有顆粒的豆沙？和我一樣。但看妳的表情似乎在說，這種事不重要，趕快接著往下說。

雖然我覺得叫人家胖子不太好，但如果在肥胖這個字眼前面加正面的形容詞就有點奇怪，所以我還是用胖子的說法。

有羽是健康的胖子。她的運動能力很強，也很聰明，我完全沒有想過需要指導這樣的學生，但在一年級的暑假結束後，可以明顯發現她越來越胖。

她入學時的體重是八十四公斤，二年級春季測量體重時達到一百零四公斤。我覺得不能袖手旁觀，於是先找了保健室的老師討論這件事，但保健室的老師說，有羽活動能力很強，完全不必擔心。

有羽的眼神失去了光彩，上課時也經常發呆。即使我這麼說，保健室老師也斷言，那是這個年齡特有的情況，和體型完全沒有關係。

即使我和學年主任討論，請教同學年的同事，以及體育、家政老師，答案也都一樣，大家都說我多慮了。

柴山老師，妳太在意身體狀況了。也許是因為老師妳太瘦了，才會覺得吉良同學太胖了。

社會上流行減肥，有些老師自己也在減肥，而且積極吸收最新的減肥資訊，卻對肥胖沒有危機感。我接下來還是要用肥胖這個字。

但是，肥胖的確會造成危害。有一次，我發現有羽膝蓋上套了護膝，於是就把她找來，向她瞭解日常的飲食生活。她每次都說相同的話。
——媽媽做的甜甜圈太好吃了。
一問之下才知道，她媽媽每天做一公斤麵粉的甜甜圈給她吃。我問她是不是一直都這樣，她回答說，從一年級暑假之後，她覺得肚子很容易餓，媽媽將原本一個星期只做一次的甜甜圈改成每天都做，而且份量也加了倍。
老師是不是很羨慕？有羽笑著問我。我一臉嚴肅地問她，到底發生了什麼事，但她偏著頭，笑而不答，我察覺到她想用這種方式掩飾。
既然妳不知道，那我就去問妳的家長。她一聽到我這麼說，立刻皺起眉頭，然後說她會瘦下來，請我絕對不要這麼做。
我覺得只要有羽願意控制甜甜圈的量就好，所以當時就答應了她。
只不過她似乎無法克制自己吃甜甜圈，而且在社團活動以外，還自己加強訓練，結果導致膝蓋和腳踝受了傷，不得不暫時無法跳舞，最後退出了舞蹈社。
之後的她以比之前快一倍的速度發胖。我認為不能再這樣下去，於是下定決心，去吉良家進行家庭訪問。有羽的媽媽起初有點手足無措，可能擔心女兒在學校裡發生了什麼問題。於是我就開門見山地告訴她，是來進行健康調查，希望家長可以檢討一下有羽的飲食生活。沒想到她突然歇斯底里地對我說。

——我是營養管理師！

她一直堅持這一點，無論我說什麼都聽不進去。我很後悔自己單槍匹馬登門造訪，應該帶一個比營養管理師更有說服力的人。於是我為自己突然造訪道歉後就離開了。

有羽嗎？我去她家時以為她不在家，但在我離開之後，發現她正在二樓看我，我們對上了眼。

她看起來並沒有生氣，而是我熟悉的眼神。

第二天，有羽就沒有來學校，第三天也沒有來。我認為必須加快腳步，於是就聯絡了校醫、市公所的保健師，但在向他們請教之前，學校方面就警告我，要我別任意妄為。

有羽的家長，她的父親向學校投訴。

沒錯，是她的父親。說他對班導師因為情緒不穩定，懷疑他女兒遭到虐待感到遺憾。如果再不節制，將考慮採取法律行動。

我只是希望在遺憾發生之前幫助有羽。

這是芒果布丁嗎？KIMIKO沒有芒果布丁，倒是有杏仁豆腐。

蒸包子救了我一命。我想要傾聽溫柔的聲音，我渴望溫暖的鼓勵，所以一直吃包子，結果越來越胖，漸漸聽不到任何人的聲音。懶得動，也懶得思考，最後整天把自己關在房間內。

雖然住在公寓的其他留學生很擔心我，但我覺得他們說的話聽起來也像在批評，我也不想看到他們的臉，但他們並沒有想到這一切都是包子造成的。即使他們猜到了，也會因為知道我依賴包子的過程，所以不可能拿走我的包子。

到了最後我終於發現，即使我吃了包子，也聽不到任何聲音，內心也無法感到滿足。為什麼？為什麼？這時，我的內心突然湧現出某種感情。

我想死。

那種感覺就像是很想睡覺時看到了柔軟的床，情不自禁地被吸引。

在我幾乎完全被這種想法控制時，我接到了電話。那是我媽打來的國際電話，她說夢到了我。

——妳的聲音聽起來很沒精神，還好嗎？要記得吃蔬菜。

因為電話費很貴，我媽說完這句話就掛上了電話。

蔬菜、蔬菜……公寓的公用廚房有冰箱，文嘉專用的區域放著大黃瓜，看起來水分很充足，我很想拿起來直接咬。我敲了敲文嘉的房門，問她可不可以分我大黃瓜，她顯得很驚訝，回答說沒問題。

我用菜刀把兩端切掉後咬了起來。水分在嘴裡擴散，同時覺得腦袋裡的霧漸漸散去。

之前包子到底讓我聽到了什麼聲音？那只是我渴望聽到的聲音，並不是身體自然而然產生的想法，也不是身體的聲音。也許是內心的聲音侵蝕了身體。

那天之後，我不再傾聽自己心靈的聲音，而是傾聽身體的聲音。要如何才能維持健康的狀態？同時思考，眼前的食物是我目前所需要的嗎？我不再在固定的時間吃三餐，經常散步、走路，做身體渴望的運動。

半年後回國時，我恢復了和離開日本時相同的體重。我並沒有刻意減肥，只是傾聽了身體的聲音。

我相信很多人瞭解自己心靈的聲音，卻沒有發現自己的身體也有聲音。心靈的聲音很愛撒嬌，也很怠惰，至少我心靈的聲音是這樣。雖然偶爾需要傾聽，但真的只要偶爾就好。

我想把這些話告訴有羽。如果無法直接告訴她，希望可以透過她的母親告訴她。

我相信她一定從甜甜圈中聽到了什麼，她一定聽到了內心渴望的聲音。但我希望她能夠暫時堵住那個聲音，傾聽一下身體的聲音，這樣應該又可以重新投入她喜愛的舞蹈。

結果我還來不及告訴她，她就不再來學校上課。

之後聽說她和家人一起搬回了東京，也聽說她瘦了。

我聽了之後感到鬆了一口氣，但之後才知道她是靠整形瘦了下來。

我認為即使肥胖，只要身體健康就沒有問題，同樣地，瘦本身並沒有太大的意義，也沒有價值。即使瘦下來了，如果有羽沒有傾聽身體的聲音，便只會聽到心靈的聲音。

但是，在那個夏日，她再也聽不到了。

我說的這些話，聽在妳耳中可能會覺得是牽強附會，聽了很不舒服，但我不會道歉。

我不知道妳四處向相關者瞭解情況有什麼目的，但如果不是想要推卸責任，而是想要瞭解我這個前班導師的看法，我必須說，她媽媽先出了問題。這只是我的臆測，應該和她的丈夫，也就是有羽的爸爸回國有關。

我的眼睛？妳最後要問這件事嗎？不過，妳已經看了我以前的照片，只是沒想到妳竟然會注意到這個細節。

我去割了雙眼皮。因為即使傾聽身體的聲音，也無法改變單眼皮這件事。我才不要當什麼東方美女。

今天的下午茶時間很有意義，謝謝。

第六章——崇拜的人

久乃，妳真的來了。

這是什麼？伴手禮？我才不要泡芙。我放在玄關，妳回家時別忘了帶走。要放冰箱？真麻煩，妳絕對別忘了帶回家。

妳問我是不是不喜歡泡芙？不，我很愛吃泡芙，尤其是「白玫瑰堂」的泡芙，那家的黃色卡士達醬和其他店不一樣，雞蛋竟然會有這麼深奧的味道，簡直讓人感動。但是，我不需要。

因為我沒有權利讓妳送我美味的甜點。

妳不要一直看相框裡的相片，隨便找個地方坐下，不然就坐在那個黃色坐墊上。如果覺得空間不夠，可以把旁邊的雜誌堆起來，自己挪地方坐。我不需要因為妳要上門就特地收拾家裡吧？因為是妳有事要找我。

早知道可以約在其他地方見面？妳當然沒問題，即使被周圍的人認出來，對妳也只有好處。別人不會對妳皺眉頭，也不會竊竊私語。妳這個人還是像以前一樣，只想到妳自己。

妳問我可以把窗戶打開十秒鐘嗎？我在說這件事，妳卻扯那個問題？我越來越覺得這裡就像小學的教室。妳想開就開，我很久沒有下廚了，雖然家裡很亂，但我都把廚餘丟掉了，家裡應該沒有臭味啊？

還是空氣太不流通了？妳絕對不想吸我吐出來的空氣嗎？會感染胖子病毒嗎？不會有這種事啊。

我現在的體重應該比妳還輕。

人的身體真是太不可思議了。以前拚命想要瘦下來時，無論再怎麼克制自己不吃甜食，每次也都把吃下去的東西吐出來，非但無法減少一公克，有時候體重反而會增加。沒想到自暴自棄之後，反而瘦了下來，而且就這樣減少了一人份的體重。

不，不是消失，而是被奪走了。

我的皮膚都變鬆了，根本就是一個空殼子。

我要泡紅茶，妳也要喝嗎？伯爵蘋果茶是我女兒……是有羽以前喜愛的茶。妳想喝？那我就來泡。雖然我覺得自己沒有權利，但既然女王想喝，那我就來泡。沒關係，妳坐著就好。

久乃，妳在四處打聽有羽的事，對不對？

我怎麼會知道？這就是妳我從小生活的地方，即使我足不出戶，八卦和負面消息也會傳到我的耳朵裡。開玩笑的，前幾天堀口和希惠老師來過家裡，說是想來為有羽上香。堀口並不是弦多，而是他的兒子星夜。

很好玩，他們兩個人都沒有認出我，誤以為我是某個親戚之類的，希惠老師還問我，八重子太太最近還好嗎？

我忍不住笑了起來。我都忘了已經幾天，不，是幾個月，應該更久，已經幾年沒笑了。我之前很喜歡希惠老師，不是因為同是胖子的關係，而是因為她一個勁多管閒事的樣子，很像我讀短大時的朋友。

我在倒茶的時候，堀口似乎察覺了，然後就不說話了。那孩子真貼心。久乃，妳不覺得我變了嗎？我竟然可以在妳面前說這麼多話，以前即使有事要告訴妳，也會滿臉通紅，全身冒汗，連話也說不清楚。

陰沉的橫綱八重子。我一直以為是自己的個性使然，是無可奈何的事。

橫綱的橫綱八重子。我也以為是因為體質關係，所以才會那麼胖。

我不需要朋友，也不需要打扮，只有測量體重時會受到注意。

其實並不是無可奈何，只是我一直沒有遇到一個人告訴我，事實並非如此。只是這個地方沒有這樣的人。所以我很感謝父母讓我離開這裡，即使不是去像東京那樣的大城市，但至少是比這裡有更多人的神戶。

不知道他們現在怎麼看我，聽說因為我的關係，心情有點憂鬱。

我進了短期大學，就讀了以後可以成為營養師的科系。

妳露出並不意外的表情。大部分人聽到之後，都會露出像妳現在這樣的表情。

八成是因為我很喜歡吃，八成是因為我很喜歡下廚，所以才會這麼胖。抑或證明了他們想像的是相反的版本，也就是有人發揮了豐富的想像力，認為我因為暴飲暴食發胖，為了讓自己的身體恢復正常，所以想要學習正確的營養知識，反正就是認為我是為了減肥而讀這個科系。

多管閒事。全都猜錯了。

我只是想讓我奶奶吃她愛吃的東西。

久乃，妳相信嗎？在我小時候讀幼兒園之前，我一直覺得自己很可愛。因為我奶奶每天都這麼對我說。沒想到進了幼兒園之後，從來沒有人說我可愛，甚至有人嘲笑我是胖子、肥豬。

為什麼會這樣？我哭著問奶奶，奶奶溫柔地撫摸著我的頭這麼說。

老天爺讓每個人有不同的眼睛，否則大家都想要相同的東西，就會相互搶奪。

我並沒有立刻接受這種說法，因為在我周圍，大家都有相同的眼睛。我也曾經怪奶奶，說她在騙我。

對了，久乃，妳還記得「倫敦屋」嗎？就是在商店街入口的那家店。

炸麵包專賣店？原來可以這麼說。以前我都不知道該說那家到底是賣什麼的，原來這麼簡單。

俄式油炸包、炸咖哩麵包、炸克林姆麵包、甜甜圈、有餡甜甜圈、麻花麵包，那家店賣的所有麵包都是炸的，也許是因為店名叫「倫敦屋」卻賣俄式油炸包，所以讓我有點困惑。

我很喜歡站在店門口看駝背的老奶奶一個人忙著做俄式油炸包，然後放進油裡炸的樣子。我媽媽看到之後罵了我一頓，說我是貪吃鬼。

妳也喜歡吃那一家的俄式油炸包？以前沒有比較的對象，所以以為俄式油炸包就是那樣，現在回想起來，那家的俄式油炸包品質真好。

比東京的俄羅斯餐廳做的俄式油炸包更好吃。現在已經吃不到了，所以可能有點美化了，但我認為這麼說並不誇張。

雖然我沒有權利假裝是妳的同類。

總之，「倫敦屋」的一大半客人都是為了買俄式油炸包，但我奶奶是例外。她喜歡那家的甜甜圈，並不是淋了巧克力醬，或是夾了鮮奶油的甜甜圈，就只是中央挖了一個洞，表面撒了砂糖的簡單甜甜圈，而且還不是用純度比較高的細砂糖，而是普通的上白糖。

奶奶經常買那種甜甜圈回家，然後叫上我，兩個人一起坐在簷廊上吃。奶奶空手抓著甜甜圈，但並沒有放進嘴裡，而是舉在眼前，微微抬起頭，好像在看太陽。

我每次都很納悶，奶奶到底在看什麼，但即使是小孩子也覺得不該問。我總是默默吃著甜甜圈看著奶奶。

為什麼不該問？妳問得真直截了當。只有即使自己闖入別人的世界，也完全沒有想過別人會覺得討厭的人，才會像妳這樣發問，也不管對方可能正在思念已經見不到的人。

但是，即使不說話，只要默默盯著對方看，就等於在央求對方告訴自己，所以我也和妳半斤八兩。啊，對不起，我又自抬身價了。但是，今天為這件事道歉太吃力了，更何況是妳來找我，我根本不需要對妳察言觀色。

有一次，奶奶告訴我，她從甜甜圈中看到了兒子。並不是我爸爸，我那一次才知道，原來爸爸曾經有一個比他小十歲的弟弟，在五歲時得肺炎死了。他最愛吃「倫敦屋」的甜甜圈，很期待生日時，可以買和他歲數相同數量的甜甜圈。

雖然奶奶家並不富裕，但並沒有窮到無法每天買一個甜甜圈給他吃。在得知他來日不多之後，每天買五個、十個甜甜圈，讓他吃了相當於長壽的人一輩子份的甜甜圈。

奶奶難過地告訴我這些事，我只能吸吸鼻子而已。並不是因為他是奶奶的兒子，或是我爸爸的弟弟，只是覺得和我年紀差不多的孩子帶著想吃甜甜圈的心願離開人世很可憐。

但是，奶奶又接著對我說。

我並不難過，像這樣看甜甜圈，就可以看到那孩子在另一個世界幸福的樣子。雖然早就已經長大成人了，卻每天都開心地吃甜甜圈。

聽到奶奶這麼說，我也看著甜甜圈，看到了奶奶的笑容。於是我覺得甜甜圈的洞就像是魔鏡，可以讓人看到自己想看的東西。在此之前，我最多只想到掛在手指上玩而已。

不知道是否因為經常吃甜甜圈的關係，奶奶身材肥胖，而且得了糖尿病。「倫敦屋」的老奶奶也差不多在那個時候去世，那家店也關門了，我覺得剛好……

話說回來，「倫敦屋」的老奶奶太厲害了，因為她在去世的兩天之前還在炸俄式油炸包。聽說她死的時候九十六歲，不知道是不是她在生前向家屬要求，聽說家屬用披頭四的音樂為她送行。我想起店後方的收錄兩用機總是在放披頭四的音樂。收錄兩用機喔。

算了，這不重要。我的奶奶身體一天比一天差。飲食限制應該很痛苦，而且她的症狀也很嚴重，但我想在精神方面的問題，應該是因為吃不到甜甜圈的關係。

我去買了市售的甜甜圈給奶奶，覺得她即使不吃也沒關係，只要看甜甜圈中間的那個洞就好，但不知道奶奶是否覺得實在差太多，反而更沮喪了。

市面上完全沒有像「倫敦屋」那種簡單的甜甜圈。於是我決定自己動手做。原本以為很簡單，沒想到完全不是這麼一回事。即使我使用了市售的甜甜圈混合配料，或是買了高級材料自己揉麵，都做不出外皮香脆，裡面鬆軟，冷了之後仍然不影響口感的甜甜圈。

而且還必須考慮到奶奶是糖尿病患者，需要控制熱量，真不知道該怎麼辦。

於是，我決定學營養學。

很長的開場白。我其實想要告訴妳的是我在那裡遇到的人。

妳很感興趣？對哪裡有興趣？妳該不會也很懷念「倫敦屋」的俄式油炸包？

算了，都不重要。我在短大認識了城山萌。我們讀同一個系，她主動來和我當朋友。我記得是夏天之前，她約我一起回家。她白白淨淨，個子很嬌小，也很苗條，眼睛很大，長得很可愛，簡直可以當偶像了。這麼漂亮的女生和我說話，我當然沒辦法鎮定地回答。

不，那個、呃。我的臉上冒著汗，但她並沒有覺得我噁心，反而用手搧著完全沒有流一滴汗的臉說，今天真熱，然後邀我一起去喝咖啡。她說有一家咖啡店的可麗露很好吃。

可麗露是什麼？我根本不敢這麼問她，不得要領地應了一句之後，就跟著她一起去咖啡店，內心感到很不安，很擔心會遇到詐騙，搞不好會要我買英語口語教材。

我的腦袋漸漸無法思考，想不起自己怎麼走到店裡，也不知道看了什麼菜單，點了什麼。但是，我記得可麗露的味道，有點淡淡的苦味，並不怎麼好吃，但我想到可麗露外側香脆、內側柔軟的口感也許可以運用在我追求的甜甜圈上。

我想要可麗露的食譜。如果真的流行，也許市面上有專門的書。正當我心不在焉地想著這些事時，一雙大眼睛出現在我面前。城山萌似乎從剛才就在對我說話，但我都沒有發現。

我有隱形的耳塞。當我察覺到有人對我說胖子、肥豬、橫綱這些傷害我的話時，就可以很自然地隔絕聲音。這種能力很厲害吧？從某種意義上來說，是妳們送給我的禮物。

妳又露出了這種好像聽不懂我在說什麼的無辜表情。我的隱形耳塞就是和妳這種表情相同的能力。算了，這是在浪費時間。城山萌問我。

——妳的衣服是在哪裡買的？

我幾乎無法呼吸，也終於瞭解自己剛才為什麼會戴上隱形耳塞。那一天，我穿了一件粉紅色的素色襯衫和深藍色的喇叭裙，我幾乎每天都穿相似的衣服。我認為這是去學校上課時最低限度的正常衣服。

但是，既然她問我是在哪裡買衣服，顯然在說這些衣服穿在我身上不好看。妳說她會不會是覺得我的衣服很漂亮，自己也想去買，所以才問我？久乃，如果這些問題是問妳，應該會是這樣。

但她問的是我，是八十公斤橫綱的橫綱八重子，妳在聽我說話時，希望妳想像一下妳最熟悉的我的樣子。

不是才六十四公斤而已？我真是越聽越火大了，那只是過程而已，即使六十四公斤對妳們來說，已經是很可怕的數字。

我回答說，並沒有固定在哪一家店買衣服。因為我沒有自信明確回答她，但她根本不在意我的回答，繼續對我說。

——我姊姊在東京當服裝設計師，最近會回來這裡，八重，妳要不要和我一起去見她？我相信有很多適合妳的衣服。

果然是推銷，到時候會要我買很多昂貴的衣服，搞不好還會要我買珠寶。但是，在她剛才說的那句話中，這並不是我最在意的部分。

八重。在那之前的人生中，從來沒有人這樣親熱地叫我。大家都叫我橫綱，只有家人會叫我名字，而且也是叫我八重子，就連奶奶也是直接叫我的名字。

而且她還對我說，希望我叫她小萌。這是我第一次直接叫別人的名字，而且還是暱稱。雖然在電視劇和漫畫中經常看到這樣的情況，班上的同學之間也很常見，但那是除了我以外的人。我真的可以這樣叫她嗎？於是就向她確認。

——我真的有這樣的權利嗎？

城山萌、小萌起初露出驚訝的表情，然後笑了起來。

——妳太好笑了，這種事哪有什麼權利不權利的。八重，妳還真老實。對了，那我可以叫妳小八嗎？教官！

小萌說完，向我敬了一個禮。她的動作很可愛，也很好笑，我也向她敬禮說。

——可以！我批准！

當時我覺得，即使她要我買昂貴的鑽石也沒問題，因為她讓我感到無比幸福。

那個週末，我去了小萌家。小萌每天從家裡去學校上課，因為她平時經常很隨興地帶名牌包去上課，我猜想她家很有錢。她家的房子果然符合我的想像，和妳家差不多。

她媽媽在家開瑜伽教室，所以有一棟平房的偏屋，我被帶去那裡，剛好看到她姊姊從大紙箱裡拿出衣服掛在衣架上。因為是在小萌家，所以我知道那是她姊姊，但她們姊妹兩個人完全不像，如果在外面遇到，不會想到她們是姊妹。

不，她們的臉長得很像，但身材完全不一樣。小萌的姊姊很高，比小萌或是我高一個頭。

聽說她以前是排球選手，我終於恍然大悟，而且聽說還參加過奧運。雖然她姊姊謙虛地說，都是陳年往事了，而且只有上場發過一次球而已，但這不是重點吧？

面對這麼厲害的人，我全身都緊張起來，根本沒辦法好好打招呼。小萌的姊姊千佳問我。

——妳的衣服在哪裡買的？

她們姊妹問了相同的問題，而且千佳姊又繼續說了一句話。

——太可惜了。

那一天，我穿了一件綠色長版上衣配黑色長褲，雖然無法顯瘦，但我並不認為不適合自己的體型，而且我向來認為長版上衣是像我這種身材的人的救星。

——八重，妳是不是認為自己無論穿什麼都不好看？

千佳姊終於對我說了「穿什麼都不好看」這句話。像妳這種模特兒身材的人，當然穿什麼都好看。我忍不住感到生氣。千佳姊看到我的表情，叫我等一下，然後當場把衣服脫了下來，換上了和原本衣服款式很相似的針織衫和長褲。

——怎麼樣？好看嗎？

千佳姊雙手扠在腰上，做出像模特兒般的姿勢對我露出微笑。我看了忍不住偏著頭。因為我覺得並不好看，一點都不瀟灑。

——妳可以說實話，是不是看起來很胖，又很土？

千佳姊說得沒錯，然後她又繼續說了下去。

——因為我目前為止的人生有一大半時間都在打排球。高中的時候讀的S商業學校是連續三年在全國比賽中獲得優勝的強校，總教練也曾經是日本代表隊的成員，從幾十年前就開始提倡「力量排球」。簡單地說，就是訓練的時間有一半都在進行肌力訓練，如果去參加舉重比賽，應該也可以獲得不錯的成績，所以妳看我的肩膀和大腿是不是都很壯？

這兩個部位很壯時，穿布料很挺的衣服就會特別明顯，所以我用力點頭。

——穿衣服當然不能凸顯自己的缺點，這種衣服根本沒有資格稱為衣服。

千佳姊說完，又脫下了身上的衣服，換上了原本穿的針織衫和長褲。我忍不住感到驚訝，因為她整個人看起來好像變細長了。

——怎麼樣？好看嗎？

我默默用力點頭，千佳姊開心地笑了笑，然後走到我面前，盤腿坐在瑜伽教室的柔軟地板上。即使她坐下來，長褲的布料也沒有把她的腿部繃緊，布料隨著她身體的活動自然下垂。

——雖然很多人認為熱愛運動的人都和時尚無緣，但其實並沒有這回事。我從以前就愛穿漂亮衣服，但打排球的時間越久，就越發現穿想穿的衣服很不好看。當時我在運動方面有點成績，所以這種事根本不重要，但之後肩膀受了傷，不再打球之後，內心就感到很空虛。那不是頓時變得一無所有，更有一種負債的感覺。我這個人向來喜新厭舊，也不會一直為某件事煩惱，覺得既然這樣，就去做自己喜歡的事，於是就去讀了服飾的專科學校。

聽了千佳姊的話，我再次打量著放在瑜伽教室內的衣架，掛在衣架上這些五彩繽紛的衣服，全都是千佳姊設計的嗎？

——我之前就搞不懂一件事，在買衣服時，為什麼要以三圍的尺寸作為基準？即使胸圍、腰圍和臀圍完全一樣，身材也未必相同。即使根據胸圍和腰圍尺寸挑選上衣，肩膀和手臂可能塞不進去；根據腰圍和臀圍買褲子時，大腿可能塞不進去，還是說，肩膀和大腿不應該有肌肉？但那明明是努力的結晶。其他部分也一樣，不應該是身體配合衣服，而是要讓衣服配合身體。我就是基於這種想法開始學設計，我的設計理念是「運動選手也可以享受打扮樂趣」！

我看著千佳姊簡直入了迷，不是因為她的臉蛋、身材或是衣服，而是覺得她整個人都太帥了，但又覺得她設計的衣服應該不適合我。我沒有從事任何運動，也沒有為什麼事付出過努力，所以我就說。

——我沒有權利穿這麼漂亮的衣服。

我以為千佳姊會一笑置之，就像小萌一樣，而且與其遭到同情，我更希望她有這樣的反應。我最討厭那種高高在上，自以為在拯救我的人，就是在放學前的班會上，說什麼我覺得叫橫網同學橫網不太好的那種人。

但是，千佳姊沒有笑，也沒有說什麼同情的話。

——八重，妳很有型啊。

她一臉嚴肅的表情這麼說，然後對小萌說，妳去把那個拿來。小萌拿來一件黑色底色上有大朵藍色玫瑰花的洋裝，是很簡單的直筒裙，但打了幾個褶。

——妳試穿這件衣服看看。

千佳姊把洋裝遞給我，我也只能站在原地不動。因為我從來沒有穿過花卉圖案的衣服。

——小八，妳很懶欸。

小萌語帶責備地說完，把我拉了起來，我很不甘願地走去角落換上了衣服。這時，我聽到了掌聲，小萌一臉興奮地拍著手。

——看吧，我就知道。

小萌說完，一臉得意地看著千佳姊。千佳姊跑到我面前，調整了肩膀和袖子，後退一步後看著我。

——真的很有型，超乎了我的想像。

我以為她們在嘲笑我，但小萌牽著我的手走到鏡子牆壁前，我倒吸了一口氣。我竟然有腰。這種感想很好笑吧？但這是最初讓我感動的事，然後我打量全身，發現手臂、腹部和臀部都沒有繃緊，而且整體輪廓看起來很立體。

——妳很適合藍玫瑰。

在小萌說這句話之前，我根本沒注意圖案，而且我發現圖案的線條把我的身材修飾成和原本不一樣的柔和、修長的線條。

小萌拿了一雙鞋子給我。雖然只有三公分的高度，但我覺得自己好像一下子長高了。把一頭沒有修剪的長髮微微梳起後，覺得脖子也好像變長了。再戴上一條米粒般的淡水珍珠項鍊，整個人好像又瘦了一圈。

我看著鏡子中的自己出了神，千佳姊站在我旁邊說。

——八重，妳可不可以在下個月的服裝秀上當我的模特兒？

我再度僵在那裡。服裝秀？模特兒？如果有我專用的字典，在我的字典裡應該找不到這些字眼。

千佳姊溫柔地向我說明，努力讓我放鬆。

下個月將在東京舉辦新手設計師時裝展，千佳姊也將參加。原本已經安排好所有的模特兒，但其中一名模特兒的腿受了傷。因為千佳姊找的模特兒每個人身材都不同，所以其他模特兒無法穿原本由那個模特兒展示的衣服。在和小萌討論後，小萌說，她認識一個人，雖然不知道具體的尺寸，但絕對很適合穿這件衣服，然後就帶我去了她家。

雖然說明這樣的情況很簡單，但我不可能就這樣點頭答應。因為是要當模特兒，而且還要去東京走秀。

而且還有一點讓我無法就這樣輕易答應。

——這件衣服的設計理念是「胖子也適合穿的衣服」嗎？

我說了對設計這件衣服的人很無禮的話，雖然千佳姊完全沒有不悅，但我覺得她似乎有點生氣。

——不是胖子也適合穿，是只有這種體型的人才適合的衣服，而且不可以自我貶低地說自己是胖子。

小萌也在一旁說。

——對啊，小八，如果這件衣服穿在我身上，風頭完全會被玫瑰搶過去，感覺就像是布料在走秀，或是綁在窗邊的窗簾站在那裡。即使妳要挑剔身材也搞錯了重點。妳平時總是低頭駝背，要像現在一樣抬頭挺胸。

不知道是不是衣服的關係，平時我總是抬頭看小萌，但那時候我們的視線在相同的高度。她們向我保證，在正式走秀之前會教我走路和擺姿勢，於是我同意參加走秀。

那是我人生的革命。

吉良千佳姊姊是我崇拜的對象。

久乃，怎麼了？妳還要再來一杯茶嗎？

姓什麼？吉良啊，吉良上野介的吉良。

妳是不是覺得我說的事和妳想問的事完全沒有關係？剛才妳露出了很無聊的表情，結果一聽到「吉良」這個姓氏，就馬上瞪大了眼睛，妳又不是在演歌舞伎。

認識千佳姊的那一天，雖然她們姊妹要我去主屋和她們一起吃晚餐，但我還是婉拒了。一方面是因為見到小萌和千佳姊的父母會很緊張，更因為我想去買鞋子。我一直以為高跟鞋無法支撐自己的體重，所以從來沒有拿起來看過，但小萌借我穿的鞋子穿起來並不會很吃力。

雖然我為自己找藉口說，我必須練習走台步，但其實我希望可以借助某樣東西跨出具有重要意義的一大步，我希望可以在這個值得紀念的日子購買。

好，好，我知道妳對鞋子沒有興趣。

如果不是因為妳帶來了那個，我真想馬上趕妳走。

不久之後，我就知道了千佳姊的私生活。我在學校也經常和小萌在一起，我記得是在吃午餐的時候。我並不是刻意打聽，而是因為很崇拜千佳姊，所以很自然地提到了她。

——她那麼漂亮，又是這麼有才華的設計師，一定有很多人追她。

小萌聽到我這麼說，笑了起來。

——不管有沒有人追她，姊姊已經結婚了。

千佳姊是某企業集團旗下球隊的選手時，有一個在那家企業工作的人是她的超級球迷，對她苦苦追求。我以為對方會是個搞笑角色，但實際見面之後，驚訝地發現他很帥，而且比千佳姊更高，兩個人簡直就是郎才女貌。

他也來看服裝秀，很客氣地向我打招呼，甚至稱讚我充分襯托了千佳衣服的魅力。我對千佳姊的丈夫惠一哥產生了好感，當然只是視他為姊夫。

服裝秀很成功，我不知道自己有沒有發揮了模特兒的功能，只記得伸展台好像走不到盡頭，但看到服裝秀結束後，買家在千佳姊面前大排長龍，就有了一點自信，覺得自己也小有貢獻。也有人在離開之前為我拍照。

千佳姊當然也很感謝我，我甚至不知道該如何回答。

——小八，多虧了妳，幸虧有妳。

千佳姊不停地對我說這些我有生以來第一次聽到的話，就像走秀時經久不息的掌聲。

我才應該感謝她，是她讓我體會到這種足以改變我人生的經驗，但我哭了，所以無法把這些想法告訴她，只能不停地說「謝謝」。

我很希望可以一直、一直在她身旁。

千佳姊他們平時住在東京，服裝秀結束之後，根本沒有聯絡，更別說見面了，但她有時候會把新設計的衣服寄給我。

當時我完全沒有想過，見不到面才是幸福。

我不再像以前那麼鬱鬱寡歡。我經常和小萌在一起，當我和她聊起奶奶的事，她也協助我一起研究甜甜圈。我們兩個人不知道在我的小公寓裡揉過多少麵粉，炸了多少個甜甜圈。因為吃不完，所以就帶去學校分給同學吃。

請同學幫忙吃之後，技術開始慢慢進步。別人的一些隨口說的感想也帶給我很大的靈感，最後終於完成了不比「倫敦屋」遜色的甜甜圈。

雖然甜甜圈的熱量很高，但我覺得吃一個應該沒問題，於是我帶了甜甜圈回家給奶奶吃。奶奶當時已經有點失智，看到我時，偏著頭認不出我。但是當我把甜甜圈交給她時，她對我說，八重子，妳回來了。而且還說……

──這不是「倫教屋」的甜甜圈嗎？

奶奶說完，舉起來看著中間的洞。我太高興了，但又擔心萬一味道不一樣怎麼辦，但奶奶咬了一口說，嗯，真好吃。

如果說這樣就算是孝順，會很對不起平時辛苦照顧的媽媽，但我覺得沒有辜負奶奶對我的疼愛，也對終於可以回報她感到滿足。

畢業之後，我沒有回老家找工作，而是進了神戶的一家綜合醫院，但每逢假日就做了甜甜圈回去看奶奶。雖然我也試了減少熱量的甜甜圈，但奶奶吃了一口就吐出來。她已經搞不清楚很多事，但直到最後，味覺都沒有受到影響。

奶奶每況愈下，最後死了，但也有好消息。

千佳姊懷孕後打算回來待產，所以回了娘家。她自己設計的孕婦裝都很漂亮，也做了很多嬰兒服。

我看著那些小洋裝，發自內心地覺得千佳姊的孩子太幸福了。

千佳姊聽小萌說了甜甜圈的事，要求我也做給她吃。既然千佳姊開了金口，雖然當時也不能說很忙，但我立刻動手做。

她很高興。

——慘了，肚子裡的孩子都被甜甜圈養胖了。

她還這麼對我說。我對自己做的甜甜圈可以讓千佳姊的孩子長大感到很高興，覺得好像有百分之幾變成了我的孩子，發自內心感到高興。

千佳姊生了一個女兒，取名叫有羽，就是有一對翅膀的意思。有羽的眼睛很像千佳姊，簡直像天使般漂亮，如果可以陪在她身邊看著她長大，不知道該有多幸福，我忍不住想像和她在一起的樣子。

能不能請千佳姊僱我當保姆？我認真考慮過這種可能性，好幾次差點問出口，但千佳姊說，接下來該輪到我了，我才沒有提出這個要求。

沒錯，我不需要瓜分別人的幸福，也可以打造自己的幸福。雖然我沒有男朋友，但小萌邀我加入的團體中，我和其中一個男生很聊得來。小萌在一家大型連鎖餐廳工作，她說以後想自己開一家餐廳，還邀我一起加入，問我要不要合夥。

我的未來有各種可能性，不能一直跟在千佳姊屁股後面打轉，我希望可以迎頭趕上她。

沒想到，我崇拜的人在三年後回到了故鄉，把女兒寄在老家開始和疾病奮鬥。她就住在我任職的那家醫院。

我每天都可以見到千佳姊，但這並不是我想要的生活，我並不想看著千佳姊一天比一天消瘦。

啊？她生了什麼病？妳不是全都調查清楚了嗎？

沒有人提到千佳姊的事？所以妳還沒有見過他。

就是有羽的爸爸啊。我還以為妳是聽他說，我這個像惡魔的女人讓他心愛的妻子留下的遺孤變得又胖又醜，最後走上絕路，所以才來找我。話說回來，即使不需要和他見面，只要上網找一下，就可以馬上看到對我的負評。

上一個是誰？

喔，就是那個認定我是虐兒家長的排骨精老師，說什麼要傾聽身體的聲音，對不對？世界上的確有像她那種人，認為保持健康苗條的身材是努力的結果，光憑想像就認定胖的人是懶惰蟲，而且還會長篇大論說教，真的很難纏。

即使生活規律，有些人仍然會生病；有些人生活明明很不健康，卻很長壽。至少我認為任何人都沒有權利干涉別人的外表或是健康的問題。

只有醫生或是健身房的教練有資格對主動去求醫或是主動上健身房的人提出建

議，從這個角度來說，妳算是有資格。

雖然她要求我不要給有羽吃甜甜圈，但我並不是在有羽吃完咖哩或是炸豬排之後，又給她吃甜甜圈。而是她說除了甜甜圈以外，其他什麼都不想吃，所以我只能帶著祈禱的心情……就像那時候一樣拚命做。

像以前做給奶奶吃的時候一樣？不是，是做給千佳姊的時候。

千佳姊罹患了癌症，我不會告訴妳她哪裡得了癌症，雖然動了手術，但最後轉移到全身。年輕人反而擴散得比較快，千佳姊一天比一天憔悴，難以想像她以前曾經是運動選手。

她已經無法吃任何固體食物，小萌和她們的父母經常帶水果來，讓她喝果汁。她的丈夫惠一哥也常常抽空從東京來看她，帶了高級餐廳出的湯類速食包。

——八重，這個麻煩妳一下。

他應該認為我是負責熱湯的人，常常不時買一些像是芋頭羊羹或是大福之類東京的好吃甜點給我表達感謝，還曾經說來不及吃晚餐，邀我一起去吃拉麵。

那天我也很忙，所以一口氣吃完了麵，把湯也都喝完了。惠一哥目瞪口呆地看著我。我以為他對我食量這麼大感到驚訝，覺得有點丟臉，沒想到不是這麼一回事。

——看到妳吃得這麼香，連我也忍不住打起了精神。八重，妳簡直就像是幸福的化身。

我很高興，但絕對沒有愛上他。因為千佳姊是我在這個世界上最尊敬的人。

我每天都去千佳姊的病房，看是否能為她做點什麼。有時候為病房插花，有時候買有世界各地美景的寫真集給她。有時候是我自己選的，也有的時候是千佳姊要求的。

有一次，她向我要求食物。妳能夠瞭解我當時有多開心嗎？因為當時千佳姊已經完全無法吃任何東西了。

——妳可不可以為我做甜甜圈？我覺得身體應該可以吃得下妳做的鬆軟甜甜圈，而且吃了以後，應該會很有力氣。

雖然我差一點感動落淚，但我拚命忍住了。我就像當年站在服裝秀的伸展台上時一樣抬起頭，露出了笑容。

——包在我身上！

那天晚上，我做了甜甜圈。在揉麵糰時，祈禱著千佳姊能夠多活一天。如果這個世界上有魔法，我希望自己做的甜甜圈可以變成癌症的特效藥，而且我還自我暗示，只要充滿真心誠意，就一定會有效果。

但是，千佳姊已經無法說聲「我開動了」就開始大快朵頤。

我把甜甜圈裝在漂亮的盒子裡，又鋪了可愛的餐巾紙。千佳姊興奮地打開蓋子，聞著香氣，說著「看起來很好吃」，拿了一個，但是，她並沒有把甜甜圈送進嘴裡。只不過不知道是不是覺得對我過意不去，並沒有放回盒子裡，而是有點不知所措地拿著甜甜圈。

於是，我也拿了一個舉在眼前說。

——我奶奶常常這樣看甜甜圈，她說可以看到自己想見的人，感覺吃甜甜圈好像變成了順便……我來看看，會不會看到帥氣的男朋友。啊，我看到福岡正也了。

我說了當時喜愛的男明星名字，千佳姊也把甜甜圈舉到眼前看了起來。

——我看到了有羽。她長大了。不知道是幾歲。她果然比其他同學高，但有點豐腴，真可愛。原來是運動會。她好厲害，竟然得到第一名……

久乃，拿一張那裡的面紙給我。

什麼？妳也要一張？原來妳也會為別人的事流淚。

事到如今，我才發現當時的提議太欠考慮了。當千佳姊從甜甜圈中看到這輩子無緣看到的女兒未來的身影時，如果我能夠對她說一些安慰話也就罷了。早知道自己只能做出像哭臉面具般的表情，應該和她聊「倫敦屋」的事就好。

但是，千佳姊可能真的看到了有羽的身影。她哽咽地說不出話，一直看著甜甜圈的對面。

然後，她咬了一口，不，只是一小口而已，然後說很好吃，但是，這並不是我最後一次為千佳姊做甜甜圈。

我記得在兩天後，當我走進病房時，千佳姊又拜託我為她做甜甜圈，還說願意出材料的費用。我有點不知所措，忍不住想，她是不是想要透過甜甜圈看見未來。

——是為了有羽。

千佳姊這麼對我說。有羽住在千佳姊的娘家之後，幾乎每天都來看她，但不知道是否因為看到媽媽一天比一天消瘦，或是感受到更深沉的悲傷，她幾乎食不下嚥。即使為她準備最愛的食物，或是帶她去餐廳，她都吃不下，家人也都不知如何是好。

雖然小萌和其他家人都瞞著千佳姊，但千佳姊看到有羽就猜到了，而且感到很擔心。

沒想到有羽昨天來醫院之後，竟然吃了兩個甜甜圈。

——小八，妳的甜甜圈是魔法甜甜圈。

千佳姊高興地這麼對我說。雖然我沒有問她詳細的情況，但我猜想並不是因為甜甜圈很好吃，而是千佳姊和有羽兩個人像在看望遠鏡一樣看甜甜圈的關係，也許千佳姊告訴有羽。

只要吃甜甜圈，看到的景象就會成真。那是她們母女的兩人世界。

我只是做甜甜圈而已。聽到千佳姊向我道謝，我覺得自己幫上了忙，終於回報了她，為此感到心滿意足。但那也許是千佳姊送給我最後的禮物，讓我成為一個能夠自我肯定的人。

所以，在千佳姊離開之後，我下定決心，再也不做甜甜圈了。奶奶也不在了，原本我就不是為自己做甜甜圈。

千佳姊穿上自己做的禮服去了天堂，那件禮服上有許多深紅色的玫瑰，很適合安詳地睡在棺材中的千佳姊，只可惜棺材內放滿了鮮花，看不到她的禮服。我覺得千佳姊不是為自己，而是為了讓活著的人不再悲傷，所以為自己準備了這件美麗的禮服。

妳問我可不可以自己倒茶？那也順便為我倒一杯。

還是把泡芙拿出來吃？隨便妳。不，那我也來吃。一直心浮氣躁，肚子都餓了。

但是，我有資格吃妳送我的東西嗎？

妳問為什麼一直執著於有沒有權利？是啊，我想妳不記得了。這個世界就是這樣，永遠只有受到傷害的人才記得。我也知道記得這種事沒好處，問題是無法輕易忘記。

小乃！

妳怎麼了？怎麼不說那句話？

妳問我哪句話？妳至少要努力想一下，當我這麼叫妳的時候，別人怎麼對我說？不知道？是喔，好吧，那我告訴妳。

橫網，妳沒有權利這麼叫。

妳這種無辜的表情太令人厭惡了。小六畢業旅行時，我和妳在同一組。因為班上的大紅人久乃要解救個性陰沉、沒有朋友的橫網。

妳應該記得我們去了京都和奈良吧？雖然在出發之前我很憂鬱，但那天天氣很好，大家也都很放鬆。平時總是欺負我的那幾個女生也都對我很親切，和我交換零食，在拍照片時，也會叫我過去一起合照。

我很高興，可能因此太鬆懈了。

晚上大家在房間時聊到生日是什麼時候，因為我帶的零食包裡有寫著星座占卜的糖果，大家都熱烈討論著自己是處女座、天秤座，都想要自己星座的糖果。於是我就問。

——小乃，妳呢？

我並不是之前就想這麼叫妳，只是因為同組的人都這麼叫妳，所以我也就脫口這麼叫了。沒想到。

——橫網，妳沒有權利這麼叫。

沒錯，並不是妳對我這麼說，而是總是跟著妳的志保說的，但妳並沒有否認。女王向來都是面帶笑容，難聽的話都由爪牙來說。

我慌忙小聲道歉。雖然我不知道有沒有順利說出口，但大家根本不在意。志保問妳，小乃，妳是什麼星座？妳回答說是魔羯座，志保就從我的糖果袋裡拿了魔羯座的糖果給妳。就只是這樣，就只是這樣而已……

但我至今仍然耿耿於懷。我這個人真的很陰險，雖然堀口和其他老同學都說我變得開朗，變得好相處了，但我相信骨子裡還是老樣子。

趁虛而入，搶了好朋友姊姊的老公，忘恩負義的人。千佳姊還活著的時候就向她老公賣弄風騷。千佳姊一天比一天消瘦，仍然每天都在她耳邊詛咒，然後拚命做甜甜圈取悅他們的女兒。

如果還有另一個我，可能也會事不關己地寫這種留言罵人。江山易改，本性難移。

千佳姊死了之後，我雖然很難過，但還是像以前一樣正常上班，牢記她以前告訴我的話，挑選適合自己的衣服，努力積極過日子。

但是，差不多一個月後，我接到了惠一哥的電話，說有羽完全不吃飯，還說想吃我做的甜甜圈。他們已經回東京了，所以我做了甜甜圈，用宅配寄給他們。雖然覺得自己有點多管閒事，但又做了南瓜可樂餅和春捲這種使用了蔬菜，而且比較耐放的菜餚一起寄過去。

惠一哥收到的當天就打電話向我道謝，說有羽終於願意吃東西了。有羽也在電話中對我說，謝謝我寄這麼好吃的食物給她。那次之後，我會同時定期寄一些可以冷凍保存的菜餚給他們。

不久之後，我希望有羽可以吃到熱騰騰的菜，於是就會在週末去東京。有羽生日的時候還和她一起烤蛋糕，惠一哥升職時，我們三個人還一起去吃壽喜燒慶祝。

在千佳姊去世兩年的第三次忌日法事完成後，惠一哥要我乾脆辭掉工作，去東京和他們一起生活。我認為兩年的時間並不短，而且他並不是向我求婚，只是希望我住在附近去他家當幫傭，我立刻下定了決心。

我並沒有背叛千佳姊，反而覺得可以好好照顧千佳姊的女兒有羽。我必須讓千佳姊在甜甜圈中看到的有羽成真。

使命感在我的內心燃燒，只不過小萌並沒有這麼想。她說我忘恩負義，要和我絕交，甩了我一巴掌，還說早知道應該把有羽留在他們家。

事到如今，我真的很後悔，當初這麼做也許比較好。

但當時我並沒有太沮喪，因為我有惠一哥和有羽。現在才終於發現，原來這種行為是背叛，因為我用感謝和使命感之類的字眼掩蓋了喜歡惠一哥的心情。

又隔了兩年，惠一哥才向我求婚。因為公司派他長期赴美工作……有羽變成了他的負擔，所以他才會想和我結婚，只不過我當時完全沒有想到這種事。

當時我只感到很幸福，也不太去想千佳姊的事。現在已經想不起來是刻意不去想，還是無意識地不去想，但這應該也證明了我心有愧疚。

惠一哥去美國後，我就帶著有羽回來這裡。因為我不太適應東京的生活，而且在成人式遇到老同學後，對他們留下的印象比想像中更好。

於是，我就開始和有羽，不，我就開始和我的女兒有羽一起生活。

喂，久乃，妳為什麼又把泡芙的盒子放回冰箱？不要隨便打開我的冰箱。

妳希望我做甜甜圈給妳吃？妳突然提出這種要求，我既沒有材料，而且也很費工夫，更何況我為什麼要為妳做這種事？

妳要我叫妳小乃？在這個時間點提這種事？

妳真的沒聽到志保這麼說？因為妳總是在想其他的事？比方說什麼事？

那些戰爭國家的難民兒童？對喔，妳家的人以前就很熱心公益活動，妳在認真思考世界和平的問題，如果有同學在聊一些無聊的事，妳當然會充耳不聞。

從某種意義上來說，和我的隱形耳塞一樣。

不，我們的格局差太多了。

但是，久乃，妳有認真聽有羽說話，對嗎？

權利的問題已經不重要了，我現在也不想叫妳小乃，但是我會做甜甜圈給妳。

所以，讓我聽聽有羽的聲音。

她到底對妳說了什麼——？

第七章——有的沒的

摘自吉良有羽的諮詢（錄音）

我目前的體重是一百三十八公斤。

因為膝蓋受了傷，所以無法從事激烈運動，但即使可以做運動，對我也沒效果。雖然我從中學一年級開始加入舞蹈社，每天都密集練習，早上還自己訓練，但那時候就開始發胖。

不，我是從讀小學時，在小學三年級的春天，和媽媽兩個人一起生活後就開始變胖了。和新的媽媽在新的地方，而且是在離東京很遠的鄉下地方。我不能告訴妳是在哪裡，反正即使我說了，妳也不會知道。我並不是因為換了新環境壓力太大而發胖，相反地，因為親生媽媽去世，我難過得封閉了自我。那裡的空氣很好，有助於我心理復健。

像是夏威夷或是其他南方島嶼的人不也都很胖嗎？但他們總是面帶笑容。他們並沒有整天吃山珍海味，在想吃的時候就吃地瓜、香蕉這些大自然的產物，而且不會用複雜的方式烹飪。

我覺得自己和他們發胖的原因差不多。幸福肥？這是指新婚後男生突然發胖的情況，所以我覺得有點不太一樣。

而是更自然的感覺，是不是可以說是自然肥？

我曾經在讀中學做自由研究時調查過南方島嶼的人，他們的生活並不是吃了就睡，睡醒又吃。他們都有工作，而且也會走很多路，男人會在傍晚時在住家附近的空地打橄欖球，但他們也都很胖。我和他們的情況差不多。

我並不是因為運動不足而發胖。

健康的胖？沒錯，就是這樣，我為什麼沒有馬上想到，平時大家都這麼說我。

為什麼大家認定胖就是壞事呢？

中學一年級的班導師很胖，但她做什麼事都很認真，是一個很出色的人。她曾經被學生嘲諷陷入沮喪，所以我那時候為她仗義執言。

健康的胖子比不健康的排骨精帥一百倍。

反駁？沒有人反駁，因為如果要打架，別人根本打不過我。越是膽小的狗叫得越大聲，如果乾脆道歉也就罷了，那些人嘻皮笑臉，說一些沒有意義的藉口。

——討厭啦，我們只是逗逗不受歡迎的老師，被嘲諷一下不是對她有利嗎？

這些人的腦筋真的有問題。因為這種人太多了，所以這個世界上，至少在日本，正常的孩子都過度在意自己的臉蛋和身材。我有言在先，我並沒有否定「嘲諷」這件事。我喜歡看搞笑節目，看到諧星被嘲諷也笑得很開心。

久乃醫生，我想請教妳一個問題，妳認為什麼是嘲諷時最重要的事？幽默？醫生，這個答案也太爛了，妳不是也會在教育的討論節目擔任嘉賓嗎？我覺得這也是整形外科醫生必須瞭解的事。我覺得應該有很多人因為外表受到不當嘲弄，最後走進整形外科診所。還是妳認為來這裡的人都是無法對醜或是胖一笑置之的人？

嘲諷這件事，如果無法讓被嘲諷的一方從中獲利，就不能稱為嘲諷。如果只是嘲諷的一方說一些逗趣的話，自己樂在其中，那就是霸凌。因為這是踐踏他人的尊嚴讓自己開心，這樣認定不是理所當然的事嗎？但是，妳知道當我這麼指責那些人時，那些人說什麼嗎？

沒必要把這種話當真而生氣？醫生，妳真的太弱了，看妳的外表，我就猜想妳應該從來沒有被別人嘲諷過，但顯然妳也從來沒有嘲諷過別人，我真是鬆了一口氣。不過妳看起來有點傻大姊，可能會傷人而不自知，但反而讓我覺得妳可以信任。

——我們只是實話實說啊。

那些人這麼說，更糟糕的是還好意思露出一副自己是受害人的表情，好像是自己遭到了霸凌，突然裝出一副弱者的樣子。明明是為了取笑而貶低別人，卻覺得自己完全沒有錯。

世界上到處都是這種人，即使無關嘲諷，也有些人經常說一些傷人的話，這種人根本沒有自覺，更不會負責任。

唉，我們剛才在聊什麼？對了我口渴了，這裡可以喝自己帶來的飲料嗎？有冰水？不必費心了。我帶了可樂來這裡，即使已經不冰了也沒問題，因為我喜歡喝不冰的。

妳問我是不是平時都喝這種飲料？也不是……我承認帶這種飲料的確太失策，會給妳留下負面印象。胖子在為抽脂諮詢時喝可樂，簡直就像是美國喜劇的劇情。對不起，還是給我水好了。

我流了很多汗，可以把空調的溫度再降低嗎？

啊，現在終於舒服了……

我這種狀態，妳仍然認為我是健康的胖嗎？

妳說我不健康？我內臟沒有任何疾病，如果問我身上的是肌肉還是脂肪，也許最近增加了不少脂肪，但這有什麼問題嗎？還是因為我的膝蓋問題？我平時走路都不受影響。

不光是膝蓋的問題？萌阿姨到底對妳說了什麼？她只要幫忙預約就好了，是不是擅自說了很多我的事？

自從媽咪死了之後，我們一直沒有聯絡，卻突然接到萌阿姨的電話。見面之後，竟然對我說，怎麼會這麼離譜，然後還哭了起來。

說我這麼離譜這句話不會太離譜嗎？

我的生活的確有不健康的要素。因為我是繭居族，在拒學之後就從高中退學了。妳說我最好去學校，或是外出打工，設法讓自己走出家門？但這麼一來，我媽媽又會被視為虐兒家長，說我媽媽任由我發胖。

那個像是爸爸的人，反正就是那傢伙說，只要我不和媽媽住在一起，就不會再有人責怪媽媽。我被那傢伙說服，所以把媽媽留在那裡，自己一個人搬回了東京。但那傢伙每次看到我就說，那個女人竟然把我變成這樣，整天在責備媽媽。只要我吃東西，那傢伙就說，妳果然被洗腦了。他經常沒事找碴。

我真想告訴那傢伙，你才被洗腦了呢！

被誰洗腦？就是那個愛管閒事的高中班導師。她崇拜美國，要我們不要叫她老師，而是叫她以前留學時代的暱稱，但她根本不是那種平易近人的人，死腦筋，瘦得像猴子。

大家都……不，我超討厭她。是這樣嗎？在我目前為止的人生中，很少討厭別人。我並不是在強調自己個性很好。

每個人都一定有優點，我希望可以成為一個努力發現別人優點的人。越是討厭的對象，不是更值得努力發現嗎？以前我都這麼想，但我完全想不到那個老師有任何優點。

不知道是相剋，還是磁場不對盤，她的所有言行都讓我無法認同。

暑假時，有同學染了金髮，但參加第二學期的開學典禮時就把頭髮染黑了。沒想到那個班導師竟然說什麼「妳的頭髮黑得很不自然，是不是在暑假時染了頭髮？」把同學帶去學生指導室，然後怒目圓睜地罵同學，說什麼即使放暑假期間，妳仍然是本校的學生！

她自己還不是去割了雙眼皮。

我即使對整形沒興趣也看得出來，她的眼睛太不自然了。眼睛和眉毛的正中央有一道很深的橫線，我從來沒有看過其他人的雙眼皮長那樣。如果有人太胖，或許會導致眼皮垂下來，但她那張皮包骨的臉上有那種雙眼皮不是很奇怪嗎？

而且，那個老師並不是只是嚴厲而已。

她不光在學生面前擺出一副「我和你們這種人不一樣，曾經克服了普通人難以承受的考驗和悲傷」的態度，在其他老師面前也一樣。這並不是傳聞，而是她自己在上課時對我們說的。

如果有同學上課時說話，叫他們安靜不就好了嗎？她卻滔滔不絕地開始演說。

——也許你們覺得自己正在討論比上課更重要的事，但不管是什麼內容，對我來說都像是烏鴉在啞啞叫。你們這些被父母和社會保護得好好的學生，能有什麼大不了的煩惱？我在讀大學的時候，去美國留學，曾經遭遇了普通人難以承受的考驗和悲傷，但是，我靠傾聽身體的聲音，自己走了出來。如果你們認為自己的煩惱更了不起，即使在課堂上討論也沒問題，但首先要過我這一關。

我剛才說到一半就模仿起來了，我模仿得很像。我猜她在辦公室也會這麼說，所以大家都覺得她很煩，沒有人理她。她在上課時，大家也都很安靜，她也誤以為自己是指導能力超強的老師，所以更加洋洋得意。

不要和那個老師有任何牽扯。即使我這麼想也沒用，我被她盯上了。

我上課都很安分，考試的分數也不差，更沒有違反校規。

只因為我胖，就被她盯上了。

有人因為這個原因成為學生指導會議討論的對象嗎？我承認，自從膝蓋受傷之後，在我的個人史上，體重的確迅速增加。雖然我剛才說，我的體重和運動量完全沒有關係，但運動可能在某種程度上控制了我的體重增加，不過這種事不至於要被叫去指導室吧。

因為我並沒有做什麼壞事。

我原本決定一直不說話，要行使緘默權。我以為老師只是想要演說，既然這樣，就讓她說個痛快。我樂觀地以為，只要當一天的犧牲品就好。

但是，老師並沒有對我發表演說，一開始就認定我有什麼難言之隱，就是她口中的所謂普通人難以承受的事，說希望我可以稍微透露一點。我覺得她好像在同情我，難道我看起來像可憐的小孩嗎？

別狗眼看人低！我忍不住這麼想。她以為自己很有洞察力嗎？

我不再行使緘默權，我決定用超幸福的表情回答她的問題。因為我並沒有遭遇任何不幸，至少在那時候沒有。

——媽媽做的甜甜圈很好吃。

我滿面笑容回答。我並沒有騙人，和我讀同一所中學的同學幾乎都知道媽媽做的甜甜圈很好吃，那是學校文化祭上的人氣商品。

但是……我吃的量增加了。

有沒有什麼事造成了我的壓力？可能是那傢伙……那個爸爸回來這件事吧。他之前一個人被外派到美國。我知道了，雖然是萌阿姨介紹我來這裡，但還是必須向妳說明一下這些情況嗎？

我的家庭狀況？

首先，我的親生母親，就是媽咪，在我四歲的時候得了癌症死了。媽媽是媽咪的妹妹萌阿姨的朋友，和媽咪的關係也很好。聽萌阿姨說，媽媽很崇拜媽咪，也對我很好……我也印象很深刻。

媽咪生病後離開了東京，住進了離外婆家很近的神戶一家醫院。媽咪一天比一天瘦，我那時候住在外婆家，即使外婆和萌阿姨一直對我說，媽咪很快會好起來，但看到媽咪的樣子，就沒辦法相信她們說的話。

我不太瞭解死亡的感覺，但看到媽咪越來越瘦，很怕她有一天會消失，然後我也開始吃不下飯。

有一天，我去媽咪的病房時，聞到了一股香氣，好像奶油在鬆餅上融化的甜味。香味從放在病床旁架子上的盒子飄了出來，平時我想要吃東西或是玩的時候都會先問媽咪，但那時候好像中了催眠術一樣自己伸手拿起盒子，打開了蓋子。

裡面放了中間挖了一個洞，像是圓麵包的東西，上面撒了砂糖。我不知道那是甜甜圈，我只知道連鎖店賣的那種淋了巧克力醬的甜甜圈。

但是，名字並不重要，中間的洞好像在呼喚我，要我掛在手指上。於是我就掛在手指上咬了一口，頓時聽到了倒吸一口氣的聲音。

媽咪一臉驚訝地看著我，外婆和萌阿姨也都看著我。

對不起。我馬上道歉，但大家都搖著頭，好像在說不是那個意思。媽咪說，全都給我吃，我又咬了一口手上的東西。聽到媽咪說我可以吃，我就無法停下來，把盒子裡的全都吃光了，連手上的砂糖都舔乾淨了。

——這是有滿滿愛的手工甜甜圈。

媽咪這麼告訴我，我才知道沒有巧克力醬的那種食物也叫甜甜圈。我忘了是外婆還是萌阿姨告訴我，這才是真正的甜甜圈。

之後，媽咪就開始請媽媽做甜甜圈。媽咪對我說，我們一起吃，但我從來沒有看過媽咪吃。

媽咪每次都把甜甜圈舉到眼睛前，像望遠鏡一樣看。我問媽咪在幹什麼。

——甜甜圈不光是點心，還是魔法道具。

媽咪這麼對我說，然後從甜甜圈中間的洞裡看著我，繼續說了下去。

——想像自己想要看的景象，然後看著中間的洞。把甜甜圈吃完，從洞中看到的景象就會成真，也就是可以實現心願。但媽咪沒辦法吃甜甜圈，有羽，妳可以幫媽咪吃嗎？

我覺得媽咪好像在說，有羽，妳可以實現媽咪的心願嗎？我猜想媽咪用這種方式讓我吃東西，但也許她真的在許願。

媽咪並沒有想像健康的自己出現在甜甜圈的洞裡。我每次在吃之前都會問媽咪看到了什麼，媽咪就會告訴我，看到我在運動會的賽跑比賽中跑第一名；看到我身旁有很多朋友，笑得很開心；看到我長大之後，變成比媽咪更漂亮的美女。媽咪看到的全都是我。

即使這樣，我仍然把甜甜圈吃完了。因為吃完之後，即使不需要透過甜甜圈，我也可以直接看到我最愛的媽咪臉上的笑容。

直到媽咪死了之後，我才在甜甜圈的洞裡看到媽咪的身影。

四年後，那個傢伙和媽媽再婚，不到半年之後，我就和媽媽回來媽媽出生的故鄉一起生活。

那裡超鄉下，只能去便利商店玩。

公司派那傢伙去了美國。

一起去？好像公司規定，如果全家一起去，至少要在那裡工作十年，但如果他一個人去，幸運的話只要五年就可以回來，所以他決定一個人去。我記得當時他這麼向媽媽說明。

雖然媽媽笑著說，她英文不好，真是鬆了一口氣，但不知道媽媽心裡怎麼想。媽媽都不告訴我。

不知道媽媽心裡怎麼看我。我這一年才開始思考這個問題，因為之前她悉心照顧我，我完全不會產生這樣的疑問。除了甜甜圈，她的廚藝很好，什麼都好吃，我每次都吃得精光。

因為這是我和媽咪之間最後的約定。

我並沒有對那個班導師說這些詳細的情況，我以為她知道我是因為吃了充滿母愛的甜甜圈才會發胖，就能夠理解了。我以為她知道我並不是因為壓力太大暴飲暴食，或是媽媽不做飯，我整天都吃速食這種不健康的理由而發胖。

但是，我完全沒辦法說服她。那個老師連腦袋裡都乾巴巴，完全無法接受別人說的話。她說要向家長瞭解情況，好像我不瘦下來，她就不會善罷甘休。

的確……回到剛才的話題，我吃甜甜圈的量的確增加了，因為真的發生了讓我壓力很大的事。

那傢伙回國了。他延長了四年，外派到美國九年期間從來沒有回過國，也從來沒有邀我和媽媽在暑假時去美國玩，但一看到我，竟然說什麼很對不起我，這些年都沒有好好照顧我。

我把妳交給那個女人太失策了。他根本是人渣。對他來說，媽媽只是我的保姆。所以我決定和他對抗。不，我的身體自動進入了戰鬥狀態，除了媽媽做的東西以外什麼都不吃。這樣不是會瘦下來嗎？但情況完全相反。

媽媽發現我不對勁，看到我完全不吃市售的點心和麵包，起初以為我在減肥，還問我是不是有了喜歡的男生。

雖然我有喜歡的男生，但他似乎喜歡胖胖的我，所以我從來沒有想過要為他減肥。應該說，我從來沒想過要減肥。

在那種鄉下地方，我雖然是轉學生，但沒有人因為我的身材嘲笑我，大家都對我很好，肥胖從來沒有為我帶來任何負面影響。

不，曾經有一次。那是在中學的運動會上，我讓和我搭檔兩人三腳的男生受了傷。我們跌倒了，他幾乎快被我壓扁了，但是他笑著原諒了我，讓我對他的好感大增，立刻喜歡上他了。

我完全沒有任何理由要減肥，反而很高興自己很胖。因為這樣就和媽媽一樣了。媽媽也有點肉肉的。

雖然我知道別人沒有惡意，但經常有人說我和媽媽不像。這也是無可奈何的事，因為我們原本就沒有血緣關係。只不過我心臟還不夠強，並沒有向大家公開這件事。

但是，每次聊到這件事，就有同學會用調侃的語氣插嘴說，但妳和妳媽媽的身材很像。我每次聽了都很高興，只要身材一樣，別人就覺得我和媽媽是真正的母女。

啊，我知道了，答案其實很簡單，我是為了能夠和媽媽成為母女，所以才一直吃甜甜圈。

我沒有減肥。因為我想和媽媽在一起，所以央求她做很多甜甜圈給我。因為她是全世界最溫柔的人。

媽咪死了之後，我每天都以淚洗面。媽媽從還不是我媽媽的時候開始，就為我做甜甜圈和好吃的料理。有時候用宅配寄給我，有時候特地搭飛機來做給我吃。

媽媽也和媽咪一樣看著甜甜圈中間的洞。我問媽媽，她怎麼會知道？她想了一下之後回答說，是媽咪教她的。媽媽瞇起眼睛，看著甜甜圈的洞說，媽咪教會她很多事。

媽媽說看到媽咪在笑。媽媽對我這麼說，露出了奇怪的笑容。我想她應該臉部很用力，拚命忍住了淚水。

不久之後，她在法律上也成為我的媽媽，悉心照顧我的生活。

不知道有多少次，她深夜揹著我去醫院。

雖然我剛才一再聲稱自己很健康，現在說這些話有點自相矛盾，但我在讀小學時，經常半夜發燒。隔天當然不再吃甜甜圈，而是改吃粥和蘋果泥，但媽媽會對我說，等妳燒退了之後，媽媽再做甜甜圈給妳吃。

沒想到，這個世界對媽媽太殘酷了……

我被班導師找去之後，努力想讓自己瘦下來，但因為運動太激烈，反而傷了膝蓋，比以前的運動量減少很多。

身為資深胖子，我知道該怎麼活動自己的身體。雖然我有預感，繼續增加膝蓋的負擔很危險，但沒想到最後還是把自己逼到了這個地步。結果不僅沒有瘦下來，連舞蹈社的活動也不能參加了。我只能靠吃振作，於是就越來越胖。

最後，班導師就來家裡了。

我搞不懂她那是什麼態度。我躲起來偷看了整個過程，她完全沒有向媽媽打招呼，就像逮到了現行犯，簡直就像是電視演的那樣。

——妳知道自己對女兒做了什麼嗎？

她怎麼可以劈頭就對大人尖聲說這種話？如果是我爸爸接待她，她會採取相同的態度嗎？不，我相信如果是其他媽媽，她也不會那樣說話。

久乃醫生，在妳小時候，班上有同學很胖嗎？

小學和中學都有嗎？有沒有遭到霸凌？

我不是說妳遭到霸凌，怎麼可能是妳？是那些胖同學。可能稱不上霸凌，但會被同學調侃？既然妳這麼覺得，可見那個同學一定遭到嚴重霸凌。

是不是因為那個同學很胖？然後大家覺得那個同學很陰沉？果然是這樣，我就知道。我要聲明，我媽媽並不是這種類型。啊，我要更正一下，在去年之前不是。

她很開朗帥氣，也很時尚，絕對不會說別人的壞話，完全不會對別人察言觀色。只不過有時候我覺得媽媽可能並不是百分之百這種性格，她會很在意我覺得根本無所謂的事。

最離譜的就是我在運動會上讓男生受傷的時候，那個男生只是撞到擦傷而已，媽媽卻緊張得不知所措，一直問這下該怎麼辦，這下該怎麼辦，簡直就像是那個男生受了重傷。對方的爸爸剛好是媽媽的老同學，而且人很好，我完全無法理解媽媽為什麼會那麼緊張。

我猜想媽媽以前曾經比別人更需要對周圍的人察言觀色，因為在我周遭也有這種同學。

雖然那個同學並沒有做什麼特別的事，但別人就會在背後說她瞪人，或是自以為了不起、搞不清楚狀況。那些會在背後議論的同學通常都是根本沒什麼長處，卻很囂張的無腦傢伙，想盡一切辦法要別人當他們的跟屁蟲，讓他們可以沉浸在優越感中。

因為這種人自我評價很高，但別人並不認同，於是就會感到心浮氣躁。這種人的天線會很快捕捉到比自己更懦弱的同學，然後就打開了誤會的開關。

對那個同學說什麼都沒關係，不管用什麼態度對待都沒關係。

這就是班導師對我媽媽的態度，但媽媽有武器，她有營養管理師的證照。雖然老師覺得自己那套傾聽身體聲音的做法更了不起。

如果老師下次帶醫生、警察或是公所的人來家裡怎麼辦？一想到這件事，我就無法再去學校了。

只要我是胖子，媽媽就會被當成是虐兒家長。

但是，怎麼會有這種虐待？電視和網路上每天都可以看到虐待的新聞，我從來沒有聽過讓小孩子變胖的虐待。我覺得老師有問題。

沒想到就在這時，接到了萌阿姨的電話，簡直就像在證明老師說得沒錯。她透過東京的爸爸聯絡我，說外婆身體不好，希望我去見見外婆。還說之前曾經和媽媽鬧得不愉快，要我不要告訴媽媽。於是我騙媽媽說，我要去爸爸那裡住，然後就出門了。因為我以為只要去看一下就沒事了。

沒錯。那傢伙回國之後，也一直和我們分開住。

我和萌阿姨約在神戶機場見面，她戰戰兢兢地走到我面前問，妳是有羽嗎？我才剛點頭，她就哭了起來。

——妳怎麼會變得這麼離譜？

我剛才也提過這句話。妳不覺得對一個十七歲的女生說這種話太離譜了嗎？她到底說我哪裡離譜？我並沒有穿得破破爛爛，媽媽每個季節都會買新衣服給我，她常說，如果穿去年的衣服，就還是去年的有羽，每次都會買當時最適合我的衣服給我，即使在我暴肥之後也一樣。

到底哪裡離譜？除了肥胖以外，還有哪裡離譜？雖然我不喜歡這麼說，因為就像在承認自己的缺點就是肥胖，但如果執著於這件事，就無法繼續聊下去。

但是，我和妳聊這些沒關係嗎？妳不是很忙嗎？會不會要額外收費？

原來沒問題啊，那我就繼續說下去。

萌阿姨很驚訝我變得這麼胖。因為她最後一次看到我時我還很瘦，還懷疑我得了拒食症。我原本以為她會覺得我長得很好，沒想到她接下來說的話更讓我懷疑自己聽錯了。

——這根本是虐待。

我不認為萌阿姨和學校有聯繫，所以應該是萌阿姨自己這麼認為，但這是戴著有色眼鏡在看事情。

萌阿姨一直覺得媽媽背叛了媽咪，搶走了爸爸和我。我完全不知道在她眼中是這麼一回事。

她原本打算帶我一起去醫院看外婆，但她說要先帶我回家冷靜一下，其實只有萌阿姨自己很激動。反正我整天都沒事，所以即使改變行程也無所謂。

雖然我並沒有很想去外婆家，但到了外婆家之後，充滿了懷念的感覺。我只有在上小學前住在那裡，頓時感到滿腦子都是當時的記憶。客廳的窗簾圖案不一樣了，外婆的十字繡梵谷向日葵還掛在那裡，簡直可以玩「哪裡不一樣」的遊戲。

我想起小時候在外婆房間睡覺時曾經淚流不止，但睡在萌阿姨房間時沒有哭。萌阿姨得意地對外婆說，那是因為我喜歡她，其實是我有點怕她。我的內心也湧起了和當時相同的感情。

在將近十四年的時間內，萌阿姨應該並沒有每天都憎恨媽媽，只是看到我之後，就回想起當年的事，然後越想越氣，覺得像昨天才發生。

客廳內放著媽咪的照片。有以前打排球時的照片，還有當設計師時，在伸展台上露出笑容的照片。每張照片上的媽咪都很帥氣，瘦瘦高高……對，瘦瘦高高。

還有把剛出生不久的我抱在手上的照片。啊，對了，是媽咪，媽咪會露出那樣的笑容。我在房間內轉了一圈，試圖尋找媽咪的音容笑貌，結果在面向庭院的落地窗前看到了自己的全身。

我覺得很胖……很醜。難怪萌阿姨會哭。

然後，萌阿姨開始說媽媽的壞話。

——有羽，妳應該是被騙了，我來告訴妳真相。

萌阿姨接著告訴我媽媽以前對自己很沒有自信，在媽咪的服裝秀上走秀之後，逐漸對自己產生了自信。之後，媽咪結婚，生下了我，幾年之後又生了病。

然後，又說到了我爸爸，他是在媽咪和疾病奮鬥時，背叛了媽咪，和其他女人搞七捻三的壞蛋。

有一次，萌阿姨去醫院探視媽咪，看到媽咪把臉埋進枕頭哭泣。媽咪看到萌阿姨後，擦了擦眼淚，若無其事地笑了笑。萌阿姨對媽咪說，對自己的妹妹不需要有任何顧慮，而且保證不會告訴別人，希望媽咪把內心的悲傷全都告訴自己。

萌阿姨以為媽咪是因為擔心我而哭，所以對媽咪說。

——我會守護有羽長大，會培育她成為像姊姊一樣帥氣的出色女人，妳放心吧。姊夫一個人照顧孩子會很辛苦，我會全力協助他。

媽咪聽到萌阿姨說後半段時，皺起了眉頭，然後小聲嘀咕說。

——惠一背叛了我，他看到我這種只剩皮包骨的樣子，已經不把我當女人了，甚至不把我當人看待了。

萌阿姨安慰媽咪說，應該是她誤會了。媽咪告訴萌阿姨，她偷看了爸爸的手機，看到了手機上的訊息，所以絕對不是誤會。

萌阿姨怒不可遏，說要去質問姊夫，但媽咪阻止了她。

——我已經想好了復仇的方法。

媽咪說完這句話，停頓了幾秒鐘後又笑著說，她在開玩笑。

——惠一不重要，我只祈求有羽可以得到幸福。我已經決定好要把有羽託付給誰了。萌，妳也要好好守護有羽。

媽咪說完之後，和萌阿姨勾小指約定，但萌阿姨仍然很想質問背叛媽咪的爸爸，所以當爸爸來醫院探視媽媽時，她就監視爸爸的行動。結果發現爸爸離開醫院後，走進了附近的咖啡店，幾分鐘後，又和一個女人一起走出咖啡店，兩個人有說有笑地來到大馬路上，攔了計程車去鬧區。

那個女人就是媽媽。

萌阿姨沒有當面質問媽媽，只說有事想和媽媽商量，然後對媽媽說，爸爸好像在外面有女人。媽媽只回答說「這樣好過分」，但萌阿姨說，她不知道媽媽當時是出於真心還是假裝的。

因為真的很難從媽媽的表情解讀她的內心。

萌阿姨顧慮到我，沒有繼續追問。因為她知道我只願意吃媽媽做的甜甜圈，所以不能激怒媽媽，擔心媽媽會不理我們。

那個忘恩負義的傢伙。萌阿姨每說完一個段落，就咬牙切齒地這麼罵媽媽，我相信她在當時應該更生氣。

不久之後，媽咪就死了，萌阿姨和外婆原本想把我留在身邊照顧，但後來力不從心。因為外公腦溢血病倒了，需要家人照顧。

雖然我因為媽咪去世失魂落魄，但隱約記得當時的事。當時那傢伙最慌亂，他抱著頭，一次又一次用力嘆氣。

外婆和萌阿姨說，等外公的病情好轉，希望可以把我接去和他們一起生活，然後把我託付給爸爸。雖然他回答說沒問題，卻似乎傷透了腦筋。

所以萌阿姨當時確信這樣反而比較好。因為一旦爸爸帶我回東京，就不會再和媽媽見面，暫時也沒空和其他女人見面。

沒想到爸爸竟然不知道什麼時候和媽媽越走越近，最後寄了一張薄薄的明信片通知萌阿姨，說他們已經結了婚，所以萌阿姨當然大吃一驚。媽咪去世之後，萌阿姨似乎和媽媽沒什麼聯絡。雖然見過一面，但萌阿姨甩了媽媽一巴掌，爸爸那時候可能不知道躲在哪裡。總之，萌阿姨在那次之後，就和媽媽斷絕了來往。

——外公的症狀越來越嚴重，所以一直沒辦法把妳接來和我們一起生活，真的很對不起。

萌阿姨哭著對我說。

外公去年去世，萌阿姨覺得要通知爸爸，於是就寄了一張明信片，結果幾天之後，接到了他的電話。

他說遇到了麻煩。

萌阿姨應該沒有想到，他說的「麻煩」是指我的肥胖。

——那個女人背叛了姊姊，還把妳變成這樣。那個賤女人見不得妳越來越像姊姊，她擔心姊夫想起姊姊，然後拋棄她，所以讓妳胖成這副德行。有羽，妳真是太可憐了……

雖然萌阿姨要我搬去她家住，還說要幫我找一家好醫院，但我只是不置可否地笑著敷衍。因為萌阿姨說的很多事都和事實不符。

哪些和事實不符？先聽我說完整件事。

我覺得必須向萌阿姨澄清她的誤會，要把事實告訴她。但是，隔天去看了外婆之後，我又動搖了。

因為我在外婆身上看到了媽咪的影子。雖然一方面是因為媽咪長得和外婆很像，但外婆和媽咪住在同一家醫院，應該對我造成了更大的衝擊。我聞到了相同的氣味，比去外婆家時更清楚回想起當時的事。

媽咪對我說的話，萌阿姨的話，以及我走過的九年歲月。

因為我終於瞭解，原來是這麼一回事。

我終於知道，媽咪從甜甜圈中看到了什麼。

啊，我還是想喝可樂，我可以拿出來嗎？

討厭，醫生，妳不需要露出這麼驚訝的表情。是不是妳原本以為是五百毫升寶特瓶裝可樂，結果發現是兩千毫升的？然後我這個胖子竟然一口氣把剩下超過一半，已經不冰，而且氣都跑光的可樂喝得精光。

這的確很病態。對，我生病了。我走進這裡時就很奇怪了，一直滔滔不絕說不停。明明開了冷氣，但還是不停流汗。我的躁鬱計量表應該一口氣偏向了躁症那一側，我猜想電池應該很快就會耗完。

我會在電池耗完之前全都說完，因為可能要很長時間才能補充下一次的能量。

嗯，就這麼辦。

要從哪裡開始說起呢？先說妳應該可以猜到的事。不，是像妳這樣的美女很容易會產生懷疑的事。

爸爸外遇的對象是肉肉的媽媽。不可能有這種事。別忘了他當初結婚時，選擇了苗條的媽咪。從這個角度來說，萌阿姨對媽媽這個女人有高度的評價。如果她一開始向媽媽問清楚，沒有產生誤會，她們可能會成為永遠的好朋友。

不，也許現在也不遲。

所以爸爸沒有外遇嗎？這也猜錯了。那傢伙外遇了，因為在媽咪死後不久，我還見過他的外遇對象。他把那個女人帶回了東京家裡。雖然離媽咪的娘家很遠，我年紀還小，但他的膽子真大。不，他只是太荒唐了。

那個女人很瘦小，但胸部和眼睛特別大，一頭長長的鬈髮。那個女人對我說。

——有羽，妳好，我很會下廚，可以做很多妳喜歡吃的東西。

她的香水味讓我感到噁心，我放聲大哭，用全身拒絕了她。如果我當時不這麼做，那個女人可能會經常來家裡，然後就住進家裡，擺出一副是我媽媽的態度。

那傢伙不光是輕浮，當時應該也很傷腦筋。

因為我回到東京之後，除了喝水以外什麼都不吃。外食不吃，速食也不吃，去超市的熟食區時，他問我什麼東西可以吃得下，我也只是默默搖頭。

也許是因為這個原因，那個女人才會不要臉地跑來我們家。

但我並沒有得拒食症，也會覺得肚子餓，所以就對那個傢伙說。

——我應該吃得下和媽咪一起吃的甜甜圈。

因為這是我和媽咪之間的約定。妳是不是聽不懂這句話的意思？

媽咪漸漸離我而去讓我感到很難過，於是那時媽咪就對我說。

——只要妳想見媽咪，就可以隨時見到。媽咪會永遠在那個魔法甜甜圈的另一端看著妳。

但是，做這個甜甜圈的人既不是家人，也不是親戚，回到東京之後就見不到她了。我把這個想法告訴了媽咪，媽咪把食指放在嘴唇前，然後對我咬耳朵。

——接下來的話是我們兩個人的秘密，媽咪覺得她很適合成為妳的新媽媽。她一定會好好照顧妳長大，也會做很多好吃的東西給妳，更會每天做甜甜圈給妳吃。有羽，妳不覺得嗎？

我雖然很喜歡媽媽，但並沒有像喜歡媽咪一樣喜歡她。這也是理所當然的事。

媽咪也看穿了我的心思，所以繼續對我說。

——如果不是她當妳的新媽媽，可能會有一個眼睛像大眼蛙的可怕女人當妳的新媽媽，到時候可能會要妳趕快忘記媽咪。

我猜想媽咪知道那傢伙的外遇對象是誰，雖然我也不是很清楚，但我覺得他好像勾引了媽咪在工作上認識的朋友。那朋友來問，千佳姊最近還好嗎？媽咪名叫千佳。那傢伙發現來關心媽咪的女人是自己喜歡的類型，於是就說想和對方聊一聊。

雖然他很快就被甩了，但我很瞭解那傢伙的性格。

我不想和要我忘記媽咪的人一起生活，但媽媽非但不會要求我忘記媽咪，還可以和我一起吃著甜甜圈，聊媽咪的事。我想到這一點，於是就和媽咪約定，只吃媽媽做的東西，而且會把媽媽做的東西都吃光光。

現在回想起來，這個策略很有效，但我很慶幸是媽媽成為我的新媽媽，我一直都這麼覺得。

而且覺得媽咪完全說對了。

沒想到一句簡單的話，讓世界一百八十度徹底改變。我剛才已經提到那句話，妳猜是哪一句？

復仇？答對了。

我已經想好了復仇的方法。雖然媽咪說完這句話之後，說她在開玩笑掩飾過去了，但我覺得這應該是媽咪的真心話。

向在自己生病期間勾搭其他女人的丈夫復仇。為了阻止他在自己死後和那個女人再婚，所以……利用了我。

還要讓他娶一個和外遇對象完全相反類型的女人。媽咪可能也同時利用了媽媽。我最愛的媽咪，可能並不是我想像中那麼溫柔善良的人。

沒這回事？久乃醫生，妳怎麼知道？

但我並沒有因此覺得自己很不幸，即使那真的是媽咪的策略，無論媽咪是基於怎樣的想法這麼做，我都發自內心慶幸媽媽成為我的新媽媽。

我和媽媽在那個鄉下城鎮生活的九年時間真的很開心。我認識了新朋友，無論學校生活和跳舞都很開心，沒有任何不開心的事。中學時還在文化祭的選美比賽中被選為「超有型女生」，是不是超受歡迎？

我是幸福地、幸福地變胖，我身上的贅肉是媽媽和周圍那些善良的人對我的愛的結晶。

沒想到竟然會遇到深信別人都錯，只有自己才對的老師。但是，這沒有關係，因為她是外人。只要我離開學校，就不需要再和她有任何瓜葛。

問題在於爸爸剛好在這個時間點回國。他想和媽媽離婚，因為他打算和在美國同居的女人再婚。

就是媽咪生病期間交往的那個女人？不是，是另外一個女人。那傢伙才沒有那麼專情，而且他被之前那個女人甩了，所以才會自暴自棄，和媽媽結了婚。雖然他和媽媽結婚最大的原因，是因為他要去美國，帶著我一起去很礙事，於是他靈機一動，為了自己的自由結了婚。

是不是很離譜？

然後他在美國又有了新歡，兩個人恩恩愛愛地一起回了國，想和照顧了女兒九年的恩人媽媽離婚。怎麼可以允許這種事發生？話說回來，如果他當面提出離婚，媽媽應該會答應。

既然這樣，他可以付一大筆贍養費搞定這件事，但那傢伙很吝嗇，所以就開始動歪腦筋。他在剛回國時，可能曾經打算付一點贍養費搞定離婚這件事。

但是，當他第一眼看到我，立刻改變了主意。他懷疑我沒有得到正常的照顧，又剛好接到高中班導師的聯絡，說他的女兒遭到虐待。

雖然他覺得班導師很煩，但也覺得可以利用這件事。

他以讓拒學的我換一個環境為由，首先拆散了我和媽媽，然後著手準備控告媽媽虐待我。這時，剛好接到媽咪娘家的電話，於是就告訴她們，我受到了媽媽的虐待，試圖藉此鞏固證據。

媽媽因為落入了媽咪的圈套，嫁給了一個根本不喜歡的男人，獨力照顧一個沒有血緣關係的小孩九年，最後還要被控告虐待。

如果媽媽沒有遇到我們這一家人，就會嫁給一個正常人，養育自己的孩子長大。我們不僅奪走了她寶貴的時間，還要破壞她未來的幸福人生。

媽媽已經身心俱疲，應該無力對抗。

只有我才能保護媽媽。

我必須回報她照顧我九年的恩情，而且也必須補償媽咪做的事。如何才能解決這個問題？

只要我瘦下來就解決了。只要我瘦下來，就不能再說媽媽虐待我。既然我滿身贅肉被說成是遭到虐待，那我讓這些贅肉消失就好。

我無法運動，但是，我和萌阿姨討論之後，她說會馬上幫我找值得信賴的整形外科診所。萌阿姨這個人沒有心機，我希望自己瘦下來之後，能夠向她澄清誤會，讓她和媽媽重拾友情。

嗯，我沒有做錯。雖然我曾經猶豫，一旦消除贅肉，我和媽媽好像就不再是母女了，但沒這回事。媽媽並不是故意讓我發胖，所以並不會因為我瘦下來就對我態度冷淡。

她一定會對我說，希望我們一起生活。

久乃老師，我沒說錯吧？我要向大家證明，肉肉的媽媽並不陰沉，也不陰險。

她是個性溫柔開朗，充滿正義感，最出色的媽媽。

所以請妳幫我抽脂。

*

啊，錄音機上沾到麵粉了。給妳濕紙巾。

久乃，這就是全部嗎？有羽說的話全都在這裡了嗎？雖然我不知道她是不是在當天就動了手術，但她不是動了手術嗎？沒有錄下手術後的談話嗎？

原來只有這些。

妳為什麼不早一點來找我？為什麼不在有羽還活著的時候就來找我？

妳沒有想到吉良有羽和橫網八重子之間會產生交集？但妳現在不是找上門來了嗎？

而且？……什麼嘛。

妳有義務保守秘密？讓我聽了那些錄音，竟然還說出這種話……？難道她死了之後，就沒有義務保密了嗎？那根本是妳自己的解釋而已。

而且妳根本不必給我聽這種錄音，這不是諮商的內容嗎？妳聽了有羽說明的情況後，認為抽脂是最好的解決方法，不是嗎？

妳為什麼不告訴她，最好把這些話直接告訴媽媽？至少妳該讓小萌聽這些，那她也許會聯絡我，妳或許就會知道，有羽口中的「媽媽」就是橫網八重子。這樣的話，即使妳不方便和我談，也許會和堀口討論這件事。他的兒子星夜是有羽的同學，有羽去了東京之後，他仍然很關心有羽。聽了錄音之後，我發現有羽也喜歡星夜，也許星夜可以挽救……

不，我一直很希望可以直接瞭解有羽的想法。雖然有羽這麼說，但妳一定認定有羽的「媽媽」，也就是我這個人陰沉又陰險，一定懷疑我虐待她，對不對？因為妳是整形外科醫生，所以無法過度介入？既然這樣，就不該瞭解客人的私事，只要客人蓋了章，其他什麼事都不管就好。

如果我之前就能聽到有羽說的這些話，結局會不一樣嗎？當然不一樣。

妳想知道有羽瘦下來之後的情況？妳在手術之前就應該好好想像一下。妳是不是很擔心有羽是因為在妳那裡動了手術才會走上絕路？

明明瘦下來就可以解決問題，明明瘦下來就可以得到幸福，為什麼會變成這樣的結局？

久乃，妳放心，不是妳的過錯。

妳是不是想知道？但是稍微等一下，我要來炸甜甜圈，既然已經揉好了麵糰，那我們一起來吃。

讓妳久等了，趁熱吃吧。我也吃一個。

看中間的洞，就可以看到我最漂亮的時候，簡直就像是白雪公主裡的魔鏡。

並不是參加千佳姊的時裝秀，站在伸展台上的時候，而是再晚一點，千佳姊在醫院和疾病奮鬥的時候的我。我會儘可能對妳實話實說，把我認為的真相告訴妳。

醫院的電梯裡不是都有一面大鏡子嗎？我看到的是出現在那面鏡子中的自己。有一次，我發現自己變得很漂亮。

雖然千佳姊教了我化妝、髮型和衣服，但並不是這些方面的漂亮，我的皮膚發亮，眼睛也炯炯有神，那是一種充滿生命力的美。

我不是希望千佳姊看到這樣的我……而是想要向她炫耀。因為我愛上了千佳姊的丈夫，所以才會想在改變了我的人生，而且是我最尊敬的人面前展現優越感。

我每天都在完美狀態下去醫院，讓他能夠在探視完千佳姊之後約我去吃飯。千佳姊也說我很漂亮，有一天，她甚至說很羨慕我。那天下班時，我注視著電梯鏡子中的自己，看到了忍不住倒吸一口氣的自己。

我簡直就像吸收了千佳姊的生命力。

幾天之後，小萌就告訴我說，惠一哥有了女人。

她在說我。我馬上這麼想。我太自戀了……應該是這樣吧。我完全沒有想到還有其他女人。如果是以前，即使他的外遇對象就是我，我也一定會很受打擊，認定他有其他女人。

只有一次，他在喝醉酒後親了我。這樣一個舉動，就讓我覺得自己從千佳姊手上把他搶了過來。

我拚命做甜甜圈送去病房，也許是想要減少內心的愧疚。

明明是自己的事，卻說是「也許」很奇怪，以前的記憶根本無法改變。當別人語氣堅定地斷言，應該就是這樣，而且一再重複，就會漸漸覺得一些原本根本沒有想過的感情搞不好一直藏在內心深處，那才是自己真正的想法。

於是自己也無法瞭解自己了。

但是，有一件事很明確，那就是千佳姊去世時，我的內心有罪惡感，覺得自己背叛了恩人。我覺得千佳姊應該知道我背叛了她，所以在等我向她坦承、道歉，她一直相信我的良心，但最後帶著失望離開了。

所以之後做菜寄給有羽、照顧有羽，也讓我內心鬆了一口氣。和惠一哥結婚時，我可能擅自解釋為千佳姊原諒了我。其實我也有點搞不太清楚。

但是，我可以充滿自信地說，我很愛有羽，全心全意照顧她。

我從來沒有故意想要讓有羽變胖，反而很擔心有羽的食慾變差。看到有羽吃我做的東西會很高興。

並不是每個胖的人都有病，我雖然擔心有羽的膝蓋受了傷，但我在十幾歲時，膝蓋也曾經受傷，後來症狀並沒有變得更嚴重就自然好了，所以我很樂觀地認為，應該是那個年齡的關係。

但是，那個老師的指責讓我無法承受，回到了當年那個陰沉、陰險、惹人討厭的自己，為了保護自我而躲進了殼，無暇顧及有羽，顧及拒學、異常渴望甜甜圈的有羽。

我在惠一哥的建議下，把有羽送回了東京。有羽也答應了，我完全沒有去想有羽為什麼會作出這樣的判斷，只是為自己終於擺脫了指責鬆了一口氣。

但是，情況完全相反。失去了有羽的生活，讓我變回了以前的自己。

大家都在說我的壞話，大家都討厭我，說我是虐兒的母親，是忘恩負義、身心都醜陋無比的女人。

不知道為什麼，我每天都做甜甜圈。沒有人吃我做的甜甜圈，即使看中間的洞，也什麼都看不到，但是我還是拚命做，好像不這麼做，我就無法活下去……

不知道過了多少天，幾個月……

照理說不會有人上門，但我聽到了玄關的門打開的聲音，接著傳來腳步聲，那道門打開了……千佳姊站在那裡。

我發出尖叫聲，大叫著不要過來、不要過來，抓起手邊的東西扔過去。

只聽到咚的一聲，仔細一看，她的額頭流著血。

那不是千佳姊。是她小時候，我每天晚上一次又一次撫摸的有羽的額頭流著血。淚水從她的一雙大眼睛中滑落，嘴角上揚的可愛小嘴輕輕吐出一句話。

——對不起。

那是我最後一次見到有羽。因為我逃也似地衝出了家門，把剛做好的甜甜圈留在家裡，把有羽留在家裡……

千佳姊或許利用了我，但我並不恨她。相反地，這代表她選擇把有羽託付給我。

我沒有理由對千佳姊感到害怕，但是……

當有羽以千佳姊的樣子出現在我面前時，我到底該怎麼辦？我可以說，我們是母女嗎？我們母女缺了什麼嗎？

我們到底缺了什麼？

我需要具備什麼，才能夠不失去有羽？

久乃，我相信這一站是妳旅程的終點。既然這樣，請妳告訴我答案。

我該從這個洞裡看到什麼，才能繼續活下去？如果不知道，至少幫我把這個洞補起來。

小乃，用妳神奇的魔力……

把我缺少的一切都給我。

橘久乃演講「勇敢向前，勇敢活下去」

我首先要說理想論。如果每一個人都不以貌取人，而是更注意對方的內在判斷他人，這個世界也許可以讓每個人活得更輕鬆。

如果每個人都發自內心認為，無論個子是高是矮、身材是胖是瘦，眼睛是大是小，鼻子是高是塌，全都是表面上的個性，從外表推測他人內心是膚淺的行為……現實生活中，當然不可能這麼理想。

就連幾個月的小嬰兒，有時候即使阿姨，我當然也算是阿姨，露出最燦爛的笑容拚命逗他，他也完全不捧場，完全不笑一笑，但是一看到年輕女生就馬上露出笑容。我相信有不少人有類似的經驗。

沒問題，大家可以盡情地笑。我希望大家在這裡，可以盡情把內心的感情寫在臉上，因為這不是在學校上課，但也不要因為看到鄰座的人笑了，覺得自己也該笑。

不要讓別人決定自己的判斷標準。

我向來都直言不諱，從小就這樣。喜歡、不喜歡，可愛、難看，好吃、難吃，還有羨慕、可憐……我會直率地表達內心的想法。

周遭的同學，尤其是同性的同學都很羨慕我，說漂亮女生說什麼都無所謂。聽起來好像在稱讚，但其實在說我靠臉蛋掩飾了個性很差這件事。

我無法完全否認，但這並不是我的全部。我比任何人都更注重儀容，每天晚上都會認真思考適合自己的髮型和服裝。

是我的母親注意到我外表以外的部分。母親從小家境很好，但在求學這件事上無法如自己的願。在她那個年代，女人不能拋頭露面。當時做生意的外祖父理所當然把公司交給長子繼承。

但是，外祖父的長子和次子並沒有很優秀，即使這樣，外祖父仍然不同意女兒就讀比兩個哥哥更好的學校。

母親很想試一試自己的能力，她希望帶領別人做對這個社會有益的事。外祖父去世之後，母親在財產問題上雖然無法要求和兩個哥哥公平，但仍然繼承了花不完的財產，於是成立了成員都是女性的社福團體。

起初只是為了義賣烤一些餅乾、做一些手工藝品，有點像是興趣愛好的俱樂部，但母親運用自學的語言能力，幾乎每天都寫信給世界各地的社福團體，漸漸把活動的範圍從日本的鄉下小城鎮推廣到世界。

我在高一暑假第一次參加她們的活動，把奶粉送去給只有星星很美，除此以外一無所有的貧窮村莊。

路上沒有鋪柏油，到處都是泥濘和水坑，鞋子都沾滿了泥水，而且衣服和臉都會被走在前面的人濺起的泥水弄髒。我原本很後悔來到這種地方，但在把奶粉罐遞到村莊裡的那些媽媽手上時，看到她們臉上的笑容，聽到她們的感謝，這種後悔也漸漸消失了。

外表不重要，別人是因為我們的行為感到高興。雖然其實是奶粉讓她們高興。接著，我看到了令人難以置信的景象。有一位媽媽馬上動手泡牛奶，但泡出來的牛奶像咖啡牛奶……因為那裡只有那樣的水。

所以，很多孩子都生了病。即使出生率比日本高，但能夠活過五歲的比例極低。因為是那種地方，所以也有其他國家的志工團體，其中有一個來自美國的女性醫療團隊很偉大。

我終於瞭解到，原來一個人所做的事可以有如此大的差異。

當時，我第一次發現了自己內心的空洞，看到了自己的不足，看到了發光的人和自己之間的差異。

回國後，我開始用功讀書，希望以後能當醫生。我追求的並不是美麗，那一段時間，當別人談論我的時候，如果最先提到我的外表，會讓我產生強烈的反彈。

也因為這個原因，導致我和喜歡的男生無法繼續走下去。

當我成為醫生後，為了提升個人的影響力，我在母親的建議下參加了世界小姐選美，然後就有了今天的我。

我看到有些人臉上的表情似乎在問，是不是跳過了重要的部分？大家是不是想問，我為什麼會成為整形外科的醫生？我的專業是皮膚科，在填補了內心的空洞，重新檢視自己後，覺得我還是愛漂亮，喜歡美麗的事物，也希望自己很漂亮。

治病救人的行為很高尚，但男醫師也可以勝任這種工作，而且和外表完全沒有關係。比起這個，我覺得也許有某些只有我能夠拯救的人。

既然這個社會善待外表漂亮的人，那就讓大家都變漂亮。我搞不懂為什麼有人會對這件事感到猶豫，為什麼要拒絕醫學的力量可以做到的事？

我努力協助那些失去自信和尊嚴的人能夠勇敢向前，勇敢活下去，我之前一直對自己的工作感到自豪……

但真的能夠這麼有信心地說這句話嗎？不久之前曾經發生的一件事，讓我對此產生了疑問，思考自己是否淪為了幫兇。強迫原本很有個性的人接受瘦比較好看，眼睛大、鼻子挺、嘴唇飽滿、胸部豐滿比較美，只要具備了這些美，就可以得到幸福這種毫無根據的價值觀，把他們塞進這種不知道誰制定的框架中。

這不是和那些強迫學生接受一些無聊校規的教育工作者沒什麼兩樣嗎？

什麼是我該做的事？

如果各位能夠回到過去，你們想回到什麼時候？

雖然似乎可以聽到有人說，想回到認識老公之前……

但我相信有人會覺得，不需要回到過去，現在最幸福。目前正在點頭的各位，你們的笑容太美了。

我相信你們即使買我的書，像今天一樣來聽我的演講，也不會走進我的診所。

外表的美無法維持一輩子，我們可能會失去肌膚的彈性和濃密的頭髮，腹部、腰部、背部和手臂等部位都會累積脂肪，以備缺糧的不時之需。

你們不覺得這很像是拼圖的碎片嗎？每個人雖然看起來相似，但凹凹凸凸的部分各不相同。

不光是外表，內在也和拼圖的碎片一樣。每個人都有長處，有短處；有喜歡的事物，也有不喜歡的對象，每個人用這種方式形成自己這一片拼圖的碎片。

當碎片和碎片拼在一起，就組成了家庭，形成一個城鎮，最後構成了一幅畫。

但是，未必每個人都能夠完美地塞進拼圖中。有些人會覺得不知道為什麼，自己在名為學校、名為公司的這幅畫中顯得格格不入，也許這幅畫中並沒有自己的容身之處，但又無法輕易找到下一幅畫。

如果硬是要把這片碎片塞進去，周圍那些碎片可能會亂掉。

只要稍微改變外形，就可以順利塞進去。

認為外表導致自己格格不入的人，就會走進整形診所。

有時候會發現，以前曾經很融入這幅拼圖，但之後漸漸感到不自在，於是就想找回以前融入的自己，努力接近當時的形狀。

也有人帶著這種想法推開整形診所的門。

我當然竭誠歡迎，因為在修正外形之後，就可以看到幸福的畫。

但是，希望各位記住一件事，自己心目中的理想狀態未必對他人也是如此。

如果大家都是相同的形狀，的確更容易拼出一幅畫。因為並沒有規定，這塊拼圖碎片一定要放在這裡，但你們不認為這種拼法很無趣嗎？拼出來的畫不也很無趣嗎？

即使有一片拼圖碎片在自己想要融入的圖中顯得格格不入，也一定有那片拼圖碎片可以完美融入的地方。

相反地，也許有人想像不出適合自己這片拼圖碎片的畫。如果各位不嫌棄，可以來找我諮詢，我可以協助各位一起想像。

因為這個世界上，一定有地方可以完美容納你這片拼圖碎片——

你的地獄和我的地獄，到底誰的地獄更深？
是你，把我推向了地獄……

落日

湊佳苗—著

入圍日本文壇最高榮譽「直木賞」！
獨家特別收錄：繁體中文版自序＋作者訪談！

還在念幼兒園的長谷部香，被媽媽關在陽台，偶然認識了住在隔壁的女孩沙良，但香卻因為爸爸自殺匆匆搬離，甚至來不及和沙良道別。十多年後，小鎮上發生駭人聽聞的「笹塚町一家殺害事件」，繭居在家的哥哥立石力輝斗在平安夜用菜刀殺死了就讀高三的妹妹立石沙良。如今，已成為電影導演的香邀請新人編劇甲斐千尋以這樁舊案為原型撰寫劇本。原本興致缺缺的千尋，因緣際會接觸到案件的關係人後，卻發現了另一個完全不一樣的「真相」……

國家圖書館出版品預行編目資料

碎片 / 湊佳苗 著；王蘊潔 譯-- 初版. -- 台北市：
皇冠, 2020. 07
面; 公分. --(皇冠叢書；第4856種) (大賞；120)
譯自：カケラ
ISBN 978-957-33-3549-8 (平裝)

861.57　　　　109007707

皇冠叢書第4856種
大賞 | 120

碎片

カケラ

作　者—湊佳苗
譯　者—王蘊潔
發 行 人—平雲
出版發行—皇冠文化出版有限公司
臺北市敦化北路120巷50號
電話◎02-27168888
郵撥帳號◎15261516號
皇冠出版社(香港)有限公司
香港銅鑼灣道180號百樂商業中心
19字樓1903室
電話◎2529-1778　傳真◎2527-0904
總 編 輯—許婷婷
著作完成日期—2020年
初版一刷日期—2020年7月
初版三刷日期—2021年2月
法律顧問—王惠光律師

讀者服務傳真專線◎02-27150507
電腦編號◎506120
ISBN◎978-957-33-3549-8
Printed in Taiwan
本書定價◎新臺幣380元/港幣127元